도망자

묘보설림
猫步說林
____003

도망자

下 面 , 我 該 干 些 什 么

아이 阿乙

이성현 옮김

글항아리

차례

시작

잠이 들었는데,
한번 깨니 다시는 잠을 이룰 수 없었다.
이럴 땐 뭐라도 할 일을 찾아야 했다.

오늘 안경을 사러 갔다. 우선 선글라스를 써보았더니 뭔가 감추려는 티가 너무 났다. 그래서 그냥 평범한 안경으로 골랐다. 유난스럽지도 않았고 원래 근시였던 것처럼 남들의 시선을 적당히 돌릴 수 있는 안경이었다. 사람들은 대부분 안경 쓴 사람을 믿는 편이다.

투명 테이프도 샀다. 시험 삼아 한쪽 손에 둘둘 감아봤는데, 한참이 걸려서야 말끔히 뜯어낼 수 있었다.

오늘 계획에 옷 구입 항목은 없었지만, 뭔가 아쉬운 마음이 들어 옷 가게에 들어갔다. 주인은 서른 남짓의 왜소한 체형에 까무

잡잡하게 말라붙은 귤껍질 같은 얼굴이었다. 내가 들어섰을 때 제법 반반하게 생긴 손님에게 모욕을 당하고 있던 터였다. 미를 사랑하는 마음이야 누구에게나 있는 법이고, 옷 가게를 차리는 것 또한 여자로서의 자기 권리 행사라고 생각했다. 정말로 그렇게 생각했다. 그런데 그녀가 고개를 드는 순간 나는 바로 후회하게 되었다. 그야말로 더할 나위 없이 비굴한 눈빛이었다. 내 발길이 닿는 곳마다 그 눈빛이 따라왔다. 막 나가려는데 그녀가 괴상한 목소리로 '삼촌' 하며 불러 세웠다. 그녀는 처량하게 말했다. "바깥에서 천 위안이 넘는 물건도 우리 가게에서는 몇백 위안이면 됩니다. 물건은 매한가지라 다들 여기서 산답니다." 그러면서 티셔츠 하나를 내밀었다. "한번 입어보세요. 안 입어보면 어떻게 알겠어요? 먼저 입어보고 맘에 들면 옷값은 그때 생각하세요." 호객용의 이런 말조차 그녀는 국어책 읽듯 너무나 딱딱했다. 거울 앞에서 슬쩍 대봤는데 원래 내 모습과 뭐가 달라졌는지 알 수 없었다. 그래서 "참 잘 어울리시네요"라는 말에 대꾸도 않고 그걸 집어 던져버렸다.

"어떤 스타일을 찾는데요?"

"제가 원하는 게 없네요." 나는 문 쪽으로 걸어갔다.

"한번 말씀해보세요."

"글쎄 뭐랄까." 문밖으로 걸어 나왔는데도 그녀는 아쉬운 듯 졸졸 따라나왔다. 이때 앞쪽에서 공무원으로 보이는 사람이 걸어왔다. 반듯한 와이셔츠와 정장 차림에 번쩍이는 구두를 신고서 겨드랑이에는 서류 가방을 끼고 있었다. "딱 저런 스타일인데, 있나 모르겠네요?" 뜻밖에 그녀는 목소리를 깔며 대답했다. "있죠, 당연히."

"구두하고 서류 가방까지?"

"네. 다 있어요."

그녀는 내가 그냥 가버릴까 걱정되는지 흘깃거리며 종이 상자를 뒤지기 시작했다. 정말로 그녀는 모든 걸 빠짐없이 갖춰 나왔다. 그런데 서류 가방은 갈색이었다. 나는 탈의실에 들어가 옷을 걸친 후 밖으로 나와 거울에 비춰보다 탁자 위의 포마드가 눈에 들어왔다. "설마 이거 좀 바른다고 따로 돈 받는 건 아니겠죠?"

"물론이죠. 맘껏 발라요."

나는 손가락으로 듬뿍 떠서 머리카락이 번들번들해지도록 발랐다.

"이렇게 하니 몇 살로 보입니까?"

"스물이요."

"구라 치지 말고."

"스물예닐곱?"

그 대답이 만족스러웠는지 파악할 틈도 주지 않고 탈의실로 들어가버리는 나를 그녀는 토끼 눈으로 쳐다봤다. 나는 탈의실에서 나와 옷들을 한쪽으로 던져놓고 그녀를 육칠 초가량 노려

봤다.(그녀는 정말로 못생겼다.) "얼맙니까?" 짐작대로 그녀는 구세주라도 만난 듯 분주히 계산기를 두드렸다.

"전부 최저 할인가로 계산해서 육백 위안인데, 오백팔십 위안에 드릴게요."

"조금만 깎죠."

"최대 이십 위안까지 빼드릴 수 있어요. 더 깎으면 마진도 못 남겨요."

"조금만 더 깎아요. 돈도 없어."

"얼마까지 생각하시는데요?"

무조건 반떵하라던 엄마의 당부가 떠올랐다. 그러나 나는 더 세게 나갔다.

"이백 위안!"

"그 가격엔 물건 떼오지도 못해요."

"이백 위안!"

"삼촌, 정말로 사고 싶으면 사백 위안에 줄게."

"전 이백 위안밖에 없는데요."

"이백 위안에 물건을 넷이나 달라고 하면, 어디 장사하겠어요? 하나만 고르면 또 몰라."

나는 밖으로 나와버렸다. 뒤쪽에서 아무런 기척이 없었다. 기분이 참 묘했다. 마치 연인 간에 서로에게 상처만 남기고 갈라선 것만 같았다. 내가 멀어질수록 정말로 그녀가 아무 에누리도 남기지 않았을 것 같은 느낌이 강해졌다. 그러나 쪽팔려서 고개를 돌리지는 않았다. 그런데 길모퉁이로 막 접어들어 이것으로 상황이 종료되었다고 생각될 때, 그녀의 고함 소리가 들려왔다. "잠깐만요. 이백 위안에 가져가요." 고개를 돌려보니 그녀가 손짓하고 있었다. 나도 손을 흔들어주었다. 내 예상대로 진행된 셈이라 섬뜩하게 씩 한번 쪼개주며 멀어져갔다. 나에겐 고작 십 위안뿐이었다. 동전 몇 개가 더 있을 수도 있고.

오후 여섯 시 반에 군사학교의 가족 기숙사로 돌아왔다. 허何씨 노인도 마침 돌아오던 참이다. 공동묘지같이 텅 빈 단지에 그 노인과 나만 사는데도 입구에 24시간 경비를 서고 있었다. 학교의 신병들에게 그 일은 일종의 훈련과정이었다. 학교의 요구를 그들은 아주 잘 지켰다. 마치 말뚝을 이어붙인 것처럼 사지를 모으고 꼿꼿하게 서 있었다.

나는 허씨 노인을 멀찍이 뒤따르다 그 집 문이 닫히는 소리를 듣고서야 조심스레 우리 집 문을 열었다. 집안을 짓누르던 정령이 덮쳐왔다. 그것의 이름은 허무였다. 나는 어찌할 바를 몰라 멍하니 앉아 있었다. 문화대혁명 시기 노동개조범들은 차고 넘치는 시간을 없애기 위해 아무 목적 없이 일에 매달렸다고 한다. 그래서 수용소에서 출옥하면 뛰어난 구두공, 목수, 재봉사, 조각가가 되어 나타난다는 것이다. 그런데 나는 자위밖에 못 배웠다.

나는 침실에 들어가 커튼을 닫고 손장난을 시작했다. 순식간에 사정에 이르렀다.

깜빡 잠이 들었는데, 한번 깨니 다시는 잠을 이룰 수 없었다. 이럴 땐 뭐라도 할 일을 찾아야 했다. 요행을 바라는 심리로 그 일을 다시 시도했다. 불을 켠 후 빈 종이 상자를 밀쳐놓고 화분, 지난 잡지 한 묶음, 조화가 꽂힌 도자기를 한쪽으로 옮긴 뒤 테이블보를 걷었다. 열쇠 구멍이 위에 박힌 금고가 드러났다. 열쇠를 꽂아넣어 살며시 따기 시작했다. 그러다가 불을 끄고 다시 시도해봤다. 어둠은 집중력을 높여준다. 언젠가 이 금고를 딴 적이 있는데, 안에는 우표, 휘장, 동전 따위의 잡동사니가 들어 있었다.

금고를 도둑질당해 텅 비어 있는 걸 숙모가 발견하면 발을 동동 구르며 비명을 지를 것이다. 대성통곡을 할지도 모른다. 숙모는 당해도 싸다. 나나 우리 집이 삼촌네에 빚진 게 뭐가 있나. 내가 도시의 삼촌네에 얹혀사는 건 우리 집안 역사상 가장 중요한 거래의 일부다. 아빠와 삼촌이 아직 어릴 때 성적이 더 좋은 아빠가 양보해서 삼촌이 대학에 다닐 수 있게 밀어주고, 자기는 탄광에서 폐를 망가뜨렸다. 그런데 원래 기껏 버스 매표원이던 숙모는 도회 사람이라는 이유만으로 우리 모두가 자기에게 신세를 지고 있다고 생각했다. 도시로 올라올 때 엄마가 고향의 특산품을 잔뜩 들려 보냈는데, 숙모는 거만하게 밀쳐내며 말했다.

"가져가라, 가져가. 너네도 어려울 텐데." 나는 정말로 되받아치고 싶었다. "우리 엄마가 당신보다 돈 더 많아요." 이곳에 살게 된 후, 삼촌과 숙모가 이사 나갈 때까지 나는 매일 베란다에 웅크리고 있었다. 자살하지 못하는 게 수치스러웠다. 내가 샤워를 하는데 보일러를 꺼버릴 때도 있었다. 어쩌다 텔레비전을 보고 있으면 숙모는 하이힐을 또각거리며 앞을 왔다 갔다 했다. 숙모가 소파에 앉지 말라고 말한 적은 없다. 그러나 내가 일어서기가 무섭게 걸레를 가져와 문질렀다. 어쩌다 바닥에 발자국이라도 찍혀 있으면 쏜살같이 밀대를 가져와 몇 번이나 닦아댔다. 거름하러 똥 줍는 농부가 소똥 무더기를 발견했을 때도 이러진 않을 것이다.

지금은 숙모가 분교의 기숙사로 옮겨갔는데, 오랜 시간을 들여 근교의 별장처럼 인테리어를 새로 했다. 삼촌은 지방에 파견나간 지 오래되었다. 이곳에선 나 혼자 지낸다. 예전에는 매일같이 자유를 갈망했는데 지금은 그것도 별 대수롭지 않은 것처럼 느껴진다. 집안에 사는 사람은 결국 그 집에 정복당하기 마련이다.

나는 반복해서 살살 열쇠 자루를 돌리고 있었다. 어떤 무한한 우주에 빠져든 듯했다. 시간이 사라졌다. 그때 복도 바깥에서 전해오던 발자국 소리가 문 앞에서 멈추더니 열쇠 꾸러미가 짤그랑거렸다. 원하는 열쇠를 찾아 열쇠 구멍에 밀어넣고는, 곧이어

방범 이중문이 드르륵 소리를 냈다. 누군가 귀가하는 건 극히 정상적인 일이지. 나는 계속해서 열쇠를 돌리다가 돌연 뭔가가 떠올랐다. 미친 듯이 열쇠를 빼냈다. 그런데 어디에 끼었는지 빠지질 않더니 똑 부러졌다. 숙모가 두 번째 문을 열 때, 대충 감으로 테이블보를 덮고 귀퉁이를 평평하게 폈다. 숙모가 열고 들어온 두 출입문을 닫을 때, 나는 잠지며 도자기 따위를 원래대로 돌려놨는데, 다시 보니 제 위치가 아닌 것 같아 다시 한번 재배치했다. 그런 다음 바닥에 내려놓은 화분을 들었다. 손이 너무 떨려 하마터면 떨어뜨릴 뻔했다.

다행히 커튼은 닫혀 있었다.

숙모는 불을 켠 뒤 잠깐 뜸을 들였다가 바로 침실로 다가왔다. 나는 바닥에 엎드려 가쁜 숨을 몰아쉬며 숫자를 세고 있었다. 사십사. 숙모가 커튼을 젖히며 머리를 들이밀 때, 나도 모르게 뒷발로 커다란 종이 상자를 살짝 밀치고 있었다.

"어두컴컴한 데서 뭐하니?"

숙모가 커튼을 활짝 젖히자 거실의 불빛이 새어 들어왔다.

"팔 굽혀 펴기요."

"하라는 공부는 안 하고 무슨 놈의 팔 굽혀 펴기냐."

숙모는 발로 툭 차며 나를 일으켜 세웠다. 뭔가를 찾는데 눈에 안 들어오는 모양이다. 그래서 아무렇게나 종이 상자를 열어봤다가 도자기를 들어서 살펴보곤 했다. 그다음은 아마 화분과 잡지를 옮기고 테이블보를 들어 그 금고를 살펴볼 것 같았다. 다급해져서 뭐라도 말해야 할 듯했다. 무슨 말이라도 좋다. 뭐든 말하고, 말이 끝나면 목을 졸라 죽여버리겠다. 그때 숙모가 고개를 돌리며 의아한 표정으로 말했다. "얘가 참 이상하네, 가서 공부나 하란 말 못 들었니?" 나는 순간 얼굴이 화끈거리며 제자리에 몸이 굳어버렸다.

"나가!"

숙모가 분명하게 명령을 하달하자, 그제야 온몸에 땀이 범벅인 채 밖으로 나왔다. 나는 작두 아래 목을 빼고 대기하는 죄수의 심정으로 소파 모퉁이에 앉아서 기다렸다. 잠시 후 꼭지가 돈 숙모가 뛰쳐나와 내가 무슨 짓을 했는지 따져댈 것이다. 그러나 숙모는 가방에 낡은 옷 몇 벌만 챙겨 나왔다. 나는 미궁에 빠진 기분이었다.

"내일 너희 삼촌 보러 고향 다녀올 건데, 돈이나 뭐 필요한 거 없니?"

"없어요." 나는 허탈해졌다. 별말 없이 숙모는 집을 나섰다. 숙모가 떠나간 지 한참이 지났지만 아직도 가지 않은 것 같았다. 침실에 들어가 살펴보니, 금고 위 테이블보를 건드린 흔적은 없어 보였다.

전주

잠시 후 나는 침대에 누웠다. 안정을 조금 취하고 싶었지만, 뭔가에 단단히 사로잡혀 가만히 있을 수 없었다. 나는 몇 번이나 일어났다. 어떤 방법을 찾을 수 있을 것도 같은데, 그때마다 더 깊은 초조함 속으로 빠져들 뿐이었다.

이튿날 오전, 열쇠 구멍에 박힌 부러진 열쇠를 살펴봤다. 좆 같은 놈이 질 안의 이빨에 물려 애처롭게 죽어버렸다. 펜치가 필요했다. 학교에 졸업 사진 찍으러 갔다가 오는 길에 사오기로 했다.

이날은 햇볕이 따스하게 줄지어 늘어선 나무를 비추고 있어 학교가 깔끔하고도 산뜻해 보였다. 학우들은 한데 모여 수다를 떨고 있었다. 나는 한쪽 구석에 서서 아무와도 어울리지 않았다. 촬영은 두 단계로 나뉘어서 진행되었다. 먼저 차례대로 얼굴을 찍은 다음 단체 사진을 찍는 순서였다. 기다리면서 콩제孔潔를 흘 긋 쳐다보았다. 그녀는 하얀색 실크 공연 의상에 담홍색 치마를 입고서 남색 나비넥타이를 하고 있었다. 더운지 이따금 머리카 락을 매만지곤 했다. 햇빛 아래 눈부시게 하얀 그녀는 마치 눈밭 에 반사된 것처럼 마음을 심란하게 만들었다.

콩제의 엄마는 수업 시간을 제외하면 언제나 가련한 개처럼 그녀를 졸졸 따라다닌다. 그녀가 말해준 내용이다. 부친이 세상 을 떠난 후, 그녀는 엄마에게 남은 유일한 재산이 되었다. 그래 서 방안에 갇힌 채 근무하듯이 바이올린을 연습해야 했다. 매번 공연할 때 그녀의 엄마는 무대 아래 뻣뻣이 앉아 관중의 표정만 꼼꼼히 관찰했다. 공연이 끝나면 지극히 근엄한 표정으로 그녀 를 데리고 갔다. 그러다 언젠가 관객 전원의 기립 박수가 터지던 날, 엄마라는 인간은 그제야 그녀를 안아주며 울음과 웃음이 뒤 섞인 오열을 터뜨렸다.

그녀의 유일한 비밀은 강아지였다. 그녀는 엄마로부터 강아 지를 숨기려 별의별 수를 다 써봤지만, 이틀도 지나지 않아 그 게 불가능한 일이란 걸 깨달았다. 매일 수업이 끝나면 맡아줄 사 람을 찾아다니다 결국 나에게로 왔다. 나에게 방 한 칸이 있었고 혼자 살았기 때문이다. 나는 강아지를 죽여버렸다. 열 받아서 한 발 걷어찼더니 그길로 비실대다가 그녀의 품에서 죽었다. 그녀 는 작은 국자로 한 주걱 한 주걱 무덤을 팠고, 눈물이 진흙을 적셨다. 그녀에게는 다른 사람이 걸어찬 것이라고 말했다.

그때 내가 자기를 흘깃거리는 모습을 알아챈 그녀가 나에게 무슨 일이 있다고 생각되었는지 다가왔다. 그녀의 눈빛은 너무나도 부드러웠다. 마치 벙어리가 다른 벙어리를 알아보는 것처럼, 귀머거리가 다른 귀머거리를 알아보는 것처럼. 우리 둘 다 아빠가 없다. 그녀가 말했다. "너 되게 우울해 보여."

"숙모가 날 너무 괴롭혀서."

그녀의 까만 눈동자를 직시할 용기가 나지 않았다. "살 수가 없어." 그렇게 생각나는 대로 한마디 주워 담고는 불안하게 자리를 피해버렸다.

사진 찍는 장소는 흰 천을 고정시킨 뒤 그 앞에 의자를 놓아서 앉는 사람에게 모두의 시선이 향하게 되어 있었다. 내 차례가 되자 뭔가 굉장히 불편한 느낌이 들었다. 사진사가 카메라 뒤에서 머리를 들더니 말했다. "어이 학생, 거 삐쭉삐쭉한 머리는 좀 다듬지그래?" 모두 배꼽을 잡고 웃었다. 얼굴이 발개지고 입술이 떨려왔지만, 그래도 꿋꿋이 턱을 들고서 덥수룩한 수염과 꽉 깨문 뺨을 카메라에 남겼다. 눈빛은 되도록 차갑게 만들었다. 내 생각에 이런 유의 사진이 지명수배용 증명사진으로 제격이다. 멋있게 보이려고 애써봐야 아무 의미 없다. 이것은 내가 당신들에게 남기는 마지막 인상이다.

촬영이 끝나자 나는 얼마간 친분이 있는 리융李勇을 찾았다. 리

융은 두려운 눈빛으로 나를 대했다. 내 비밀을 떠벌리고 다니다 한판 붙었는데 나한테 깨졌기 때문이다. 나는 통 크게 그의 어깨를 툭툭 치고 귀를 움켜잡으며 속삭였다. "하룻밤 형님이면 평생 형님인 거야, 알지?"

이제 다시는 이 학교에 돌아오지 않을 것이다.

펜치를 사고 나서 남은 돈을 세어보니 백 위안이 넘게 남았다. 나온 김에 장소를 바꿔 나일론 끈과 잭나이프까지 사러 가기로 했다. 그러면 동전 몇 닢밖에 남지 않을 것이다. 관리 대상 도검류를 사려면 증명서가 필요해서 처음엔 그냥 과도나 하나 사려고 했다. 그런데 주인의 표정을 살피니 공범이 지을 법한 묘한 미소가 스쳤다. 그렇게까지 조심할 필요는 없겠다 싶어서 대놓고 비수를 달라고 했다. 주인은 나를 안쪽으로 데리고 갔다. 상자를 하나 꺼내는데, 군용 잭나이프가 가득 담겨 있었다. 나는 그중에서 가장 싼 놈으로 골랐다.

잭나이프를 소유하게 되니 뭔가 의식을 치러야 할 것 같은 느낌이 들었다. 나는 그것을 가방에 숨긴 뒤 인파 속으로 걸어 들어갔다. 얼마 지나지 않아 유혹을 누를 수 없어 손을 가방 속으로 뻗어 단추를 눌렀다. 착! 칼날이 튕겨 나왔다. 착! 칼날이 접혔다. 아찔함이 느껴졌다. 나는 언제든지 이 길을 오가는 사람들의 생사를 결정할 수 있는 사신死神이다. 그들은 그 일을 단지 우연으로 받아들일 수밖에 없다. 그러나 나는 선택해야 했다. 누군가가 살해당하는 데에는 살해될 만한 이유가 있어야 한다. 이 사람들은 딱히 적절해 보이지 않았다. 작은 빗으로 머리를 다듬으며 주위를 둘러보는 청년이 걸어오기 전까지는 그랬다. 그는 대략 키 180센티미터에 커다란 구두를 신었고, 긴 정장 바지와 가슴을 드러내는 타이트한 검은색 셔츠를 입고 있었다. 지나치게 마른 데다 어깨까지 좁아 우스꽝스러운 멀대가 움직이는 것 같았다. 그 외모가 자기 평가에 영향을 주지는 않는 모양이다. 그는 입술을 꽉 다물고 당당하게 인파 속을 헤쳐나갔다. 어제까지만 해도 재능도 못 펴고 과부 배에나 올라타던 놈이, 오늘 갑자기 운이 트여 개인 사무실을 가지게 된 그런 모양새였다.

우리 두 나무 작대기는 어깨가 닿을 듯 서로 지나쳤다. 난 널 죽였어. 다만 네가 그걸 알아차리지 못했을 뿐.

가족 기숙사로 돌아와 펜치로 부러진 열쇠 끝을 집어봤지만 힘을 줄 수가 없었다. 돌려도 보고 잡아당겨도 봤지만 소용없었다. 한 시간을 그러고 있자니 참을 수 없을 정도로 화가 나 펜치로 금고를 사납게 내리쳤다. 그런데 손아귀가 너무 아파 눈물만 데굴데굴 굴러떨어졌다. 계획을 얼마나 고심해서 짜냈는데 이렇게 작은 디테일에서 틀어지다니.

오후 한 시 반, 이웃집에서 기척이 들렸다. 허씨 노인이 외출하는 소리다. 일이 제대로 안 되었지만, 그래도 계획대로 정신을 바짝 차리고 따라나섰다. 허씨 노인은 사냥개 한 마리를 끌고 다닌다. 이놈이 뒷다리를 들 때면 마치 늙은 말처럼 점잔을 빼며 느긋하기 그지없다. 간혹 가다가 둘은 멈춰 서곤 했는데, 허씨 노인은 팔뚝을 긁적였고 개는 옴이 오른 등을 노인의 다리에 비벼댔다. 잘 가다가 엎어져서 꼼짝도 하지 않으려 하면 노인은 침을 뱉으며 연거푸 배를 걷어차면서 말했다. "키워봐도 쓰잘데기 없는 놈 같으니, 그냥 뒈져라 뒈져." 그래도 으레 그러는 양 몇 번 깨갱 하며 버틴다. 노인이 혁대를 뽑아들면 그제야 억지로 힘을 짜내 비틀거리며 일어섰다. 이놈을 좀 제대로 걷게 하겠다고 노인은 가끔 길에 과자 부스러기를 뿌려놓기도 했다.

절대로 스스로 알아서 짖는 법이 없는 늙은 개였다. 그런데 내가 콩제의 강아지를 돌볼 때, 어떻게 정보를 전해 받았는지 몰라도, 이놈의 강아지가 미친 듯이 문을 박박 긁으며 쉴 새 없이 짖어댔다. 바로 그날 허씨 노인이 찾아와 문을 쾅쾅 두드리다 나중에는 발로 걷어차기 시작했다. 나는 강아지 입을 틀어막으려 했지만 그럴수록 더 거세게 발악했다. 어쩔 수 없이 문을 열어줬다. 노인의 얼굴을 제대로 본 것은 이때가 처음이었다. 그는 내 목을 움켜잡았다. 얼굴이 벌갰고 눈알은 튀어나올 듯했으며 이빨은 새카맸다.

"시끄러워 죽겠네, 대체 지금 몇 시야?"

"죄송합니다."

"씹할 새끼가 죽고 싶냐?"

"죄송합니다."

"여기서 살기 싫으면 꺼지라고!"

"죄송합니다."

"니기미 씹한테나 대고 죄송하다고 해라. 빨리 안 해?"

"죄송합니다."

노인이 손을 풀자 나는 콜록거리기 시작했다. 그러면 동정을 살 줄 알았는데, 그는 사정없이 귀싸대기를 한 대 날리고 우악스럽게 발길질을 했다. 나는 눈물을 뚝뚝 흘리며 허리를 굽혀 인사한 후 문을 닫았다. 강아지 입을 틀어막아 죽여버리려 했는데, 자기도 놀랐는지 벌벌 떨고 있었다. 콩제에게 당장 데려가라고 문자를 보내는 사이 또 짖기 시작하기에 그만 배를 뺑 차버렸다. 콩제의 강아지는 가볍게 쓱 날아가 둔탁하게 떨어졌다.

나는 지금 노인을 미행하고 있지만 원한은 없다. 앞에서 걸어가고 있는 저 노인은 단지 미라일 뿐이었다. 지난날 수천 명을 내려다보던 교관이었던 그에게 유일하게 남은 게 적막뿐임을 나는 잘 알고 있다. 그는 죽음이 아니라 시간이 끝도 없이 연장되는 게 두려웠다. 노인은 수면 시간이 아주 짧았다. 일찌감치 일어나 개를 산책시키다 해가 뜰 즈음 돌아와서는 우당탕탕 위세 당당하게 밥을 지었다. 그런 다음 경비 초소에 가서 신문을 가져와 오전 내내 한 글자 한 글자 읽어내려갔다. 점심때가 되면 다시 우당탕탕 난리법석을 떨며 밥을 지은 후 한 시간 정도 쉬었다. 마지막으로 집에서 나올 때도 그 만수무강한 개와 함께였다. 개를 산책시키지도 밥을 짓지도 않는 날도 있었다. 그날은 말끔한 군복을 입고 그 위에 번쩍이는 훈장까지 달고서 아침 일찍부터 건물 앞에 앉아 있었다. 해질 무렵이 다 되어서야 지프차 한 대가 들어왔다. 노인은 눈물을 글썽이며 큰 걸음으로 달려가 한 명씩 악수를 나눴다. 내가 이층에 서서 내려다보니, 위문 온 사람들은 하나같이 납치라도 당한 듯 좌불안석이라 가소롭기 짝이 없었다.

노인은 계속해서 앞으로 걸어가다 삼륜차에 둘러서서 바둑 두는 무리와 마주치자 뒷짐 지고 천천히 살펴봤다. 그러다 누군가 자기 생각과 다른 수를 둔 모양인지 큰 소리로 혀를 찼다. 그것 때문에 사람들과 언쟁이 벌어졌지만 결국 자기 혼자만의 승리로 끝을 맺었다. 그들은 눈을 흘기며 삼륜차를 끌고 가버렸다.

그런 다음 노인은 담장 쪽으로 걸어갔다. 담으로 나뉜 양쪽으로 상가와 공사장이 펼쳐져 있었다. 담장 아래에는 화려한 상의와 평범한 바지를 입은 중년의 아낙들이 삼삼오오 쪼그리고 앉아 도시락을 까먹고 있었다. 흰 조끼를 입은 늙은이 몇이 먹을 걸 들고서 이리저리 어슬렁거렸다. 짐짓 그녀들이 뭐하는 사람인지 모르는 척하고 있으면 아낙들 쪽에서 먼저 말을 건다. "놀다 가실래요?"

허씨 노인은 매번 먼저 말을 가로챈다. "좋지, 근데 뭐하고 노나?"

"뭐하고 노는지도 모르세요?"

"몰라, 말해봐."

"에이, 다 아시면서 뭘 또 말해보라셔."

"정말 모른다니깐."

"싸게 해드릴게."

원하는 답을 들은 뒤 허씨 노인은 만족한 듯 발길을 돌렸다. 노인이 아낙을 멀찍이 뒤따르며 여관으로 향한 적은 여태 한 번도 없었다. 그는 입으로 연신 "싸게" "싸게"를 중얼거리며 나무에 묶은 가죽띠를 풀어 개를 끌고 부근의 공원으로 갔다. 나는 이제 미행하는 게 물려서 집으로 돌아왔다. 자물쇠 구멍에 비눗물을 부은 뒤 펜치로 열쇠를 집어봤지만 여전히 꺼내지 못했다. 멍하니 서 있자니, 작은 병 속 기체에 열을 가했을 때처럼 서서히 팽창하던 화가 분노로 폭발했다. 나는 펜치로 자물통을 쉬지 않고 내리쳤다. 내리칠 때의 엄청난 반탄력 때문에 팔뚝이 끊어질 것만 같았다.

잠시 후 침대에 누웠다. 안정을 조금 취하고 싶었지만, 뭔가에 단단히 사로잡혀 가만히 있을 수가 없었다. 나는 몇 번이나 일어났다. 어떤 방법을 찾을 수 있을 것도 같은데, 그때마다 더 깊은 초조함 속으로 빠져들 뿐이었다. 마지막으로 일어났을 때는 다

른 생각은 다 접어두고 오직 이놈에게 어떤 벌을 내릴지만 궁리
했다. 나는 좁다란 열쇠 입구를 조준하여 오줌을 쌌다. 그런 다
음 두 손으로 금고의 발을 잡고 황소처럼 한쪽 어깨로 떠받쳤다.
서너 번 연달아 기합을 지르며 용을 써서 들어올렸다. 금고는 텅
하는 소리와 함께 뒤집어졌다. 금고가 알아서 해체되기를 바랄
수는 없었다. 그런데 금고 바닥에 밀봉한 비닐봉지가 붙어 있는
걸 발견했다. 봉지를 뜯어내 안에 포장된 뽁뽁이와 신문지를 벗
기니 거울처럼 둥글고 편평한 옥불상이 나왔다. 색이 좀 어둡다
싶었는데, 불빛에 비춰보니 분명하게 되살아났다. 옥불은 웃음
을 멈추지 않았다. 눈, 눈썹, 입꼬리가 웃고 있었다. 이마 귀퉁이
의 진홍색 모반마저 웃고 있었다. 주름살이랑 옷도 웃느라 파도
처럼 일렁였다.

　나도 웃었다. 눈물이 나오도록 웃었다. 나는 이 세상 아무나
에게 전화를 걸어, 한 소시민이 보물을 숨길 때 솟아나는 기묘한
심사를 내가 어떻게 발견했는지 알려주고 싶었다. 그녀는 헛똑
똑이였다. 자기를 포함한 누구도 믿지 못한 채 가장 위험한 곳이
가장 안전하다고 생각한 것이다. 그녀는 보물을 금고 바닥에 붙
여두었다. 어제 그녀가 나를 쫓아낸 것도 자기가 쪼그리고 앉아
거기를 만져보려고 그랬던 거였다. 그것이 만져지자 안심하고
떠난 것이다.

　허씨 노인이 집에 돌아왔을 때 휴대전화를 확인했다. 오후 여

섯 시 반이었다. 당신은 씨이발 정말로 한 치의 부끄러움 없는
군인이시구려.

준비

우리는 똑같은 문제를 생각하고 있다.
도주범이 어느 방향으로 도주할 것인가? 나에게,
그것은 무한한 가능성으로 충만했다.

이튿날 아침 일찍 골동품 시장에 가서 한참을 돌아다닌 뒤 물건을 알아볼 만한 가게를 하나 골랐다. 주인은 얼굴이 야위었고 백발이 성성했으며 낡은 돋보기를 쓰고 있어 상대를 응시할 때 품위가 있었다. 그가 적당한 가격을 부르면 돈만 받고 나올 생각이었다. 그런데 감별을 끝내고 나서도 아무 말이 없었다. 얼마쯤 할지 물어보니, 뭔가 말을 할 듯 말 듯 주저하며 불편한 표정으로 바라보고만 있었다. 내가 재삼 재촉하니 그제야 입을 열었다.

"얼마쯤으로 생각하고 오셨나?"

"그걸 물어본 거잖습니까. 당신이 전문가잖아요."

그는 엄지로 옥불상을 쓰다듬으며 말했다. "옥은 옥이긴 한데, 너무 어두워."

"그럼 얼마나 하겠습니까?"

"오백 위안."

나는 옥불상을 낚아채며 말했다. "오백 위안 가지고 가서 라면이나 사드세요."

"그럼 자네 생각에는 얼마나 할 것 같은가?"

"만 위안."

"에이 이 사람, 그게 가당키나 한가?"

"못 믿겠으면 제가 이만 위안에 팔아볼까요?"

그는 웃으며 말했다. "자네, 농담도 잘하는구먼." 비웃는 기색이 느껴지는 순간 바로 손 털고 떠나려 하니 또 잡고 늘어졌다. "삼천 위안으로 하지. 우리 둘 다 조금씩 양보해서 삼천 위안이면 합리적인 가격 아닌가?"

"만 위안."

그는 거듭 망설이다 다시 오천 위안을 불렀다. 나는 이 노인네를 똑바로 쳐다보며 한 글자씩 힘주어 말했다. "만오천 위안."

"자네, 시작가가 만 위안인데 어째서 지금은 만오천 위안을 부르는가?"

"이만 위안."

그는 양팔을 펼치며 어쩔 수 없다는 제스처를 취했다. 나는 바로 일어섰다. 뭔가 웅얼웅얼하며 또 무슨 말을 만들어내려는 것 같아 총총히 문을 나와버렸다. 나무 뒤에 숨어 가게 문을 엿보고 있자니, 몇 초 지나지 않아 과연 쥐새끼처럼 머리를 쏙 내밀고 두리번거리다 나를 발견하곤 손짓했다. "이리 와보게, 이리 와봐."

"살 생각이 드셨나요?"

"사지, 만 위안에 내 삼세."

"절 뭘로 보고 그러세요?"

나는 발길을 돌렸다. 배팅을 해보고 싶었다. 나도 그게 얼마쯤 하는 물건인지 궁금했기 때문이다. 만약 그가 따라오지 않는다 해도 이 판에서 손해볼 건 없다. 얼굴에 철판 깔고 되돌아가면 되니까 말이다. 그의 반응은 이 물건이 가치를 따질 수 없는 보물임을 증명했다. 그는 뛰어왔다. 이 노친네는 체인이 녹슨 자전거마냥 삐걱거리며 간신히 뛰었다. 그럼에도 내 걸음보다 느렸다. 나는 발길을 멈추며 말했다. "정말로 사고 싶으면, 현금 찾아 오슈, 여기서 기다릴 테니." 예상대로 그는 모든 자존심을 내려놓고 뛰어갔다. 가게 입구에서 뒤돌아보며 내가 그대로 있는 걸 확인하고는 천박한 미소를 지으며 손가락 하나를 그었다. 나는 당당하게 손가락 두 개를 들어 보였다. 그는 알아들었다는 신호를 보내왔다.

현금을 찾아온 뒤 그는 먼저 옥불상부터 꼼꼼히 살폈다. 바꿔

치기하지 않은 걸 확인하고서야 만 위안어치 한 꾸러미를 내밀었다. 내가 그걸 밀쳐내자 다시 한 꾸러미를 올려놓았다. 나는 한 꾸러미는 가방 안에 넣고, 다른 한 꾸러미는 바지 주머니에 쑤셔넣었다. "안 세어보나?" 그가 의아해했다.

"적게 넣었을 리가 있나요. 내가 안 판다 그럴까봐 벌벌 떨면서."

이때 한 절름발이 걸인이 깡통을 들고 지나가고 있었다. 깡통에는 동전 부스러기뿐이었다. 나는 주머니에 쑤셔넣은 만 위안을 툭 던져넣었다. 걸인은 고개를 숙여 바라보다 목이 딱 굳은 채 얼어 있었다. 내가 한 발 걷어차자 뭔가 생각난 듯 지팡이를 버리고 바람처럼 사라졌다. 가게 주인은 깜짝 놀라 눈이 동그래졌다. 이제 알겠지. 옥불상이 얼마나 하는지 난 아예 관심도 없었다고. 나에겐 딱 만 위안이 필요했을 뿐.

밥을 먹을 때부터 나는 아껴 쓰기 시작했다. 기차역에도 버스로 갔다. 그건 작업의 원칙이었다. 기차역 한참 전에 휴대전화 배터리를 빼냈다.

기차역 광장의 둥그스름한 담장에는 거대한 중국 지도가 그려져 있어 물고기처럼 떼 지어 오가는 인파가 그것을 하나하나 지나갔다. 그 앞에 서 있으니 시간의 강 위에 서 있는 것 같았다. 하루 뒤에는 경찰청장도 여기에 서 있을 것이다. 우리는 똑같은 문제를 생각하고 있었다. 도주범이 어느 방향으로 도주할 것인가? 나에게 그것은 무한한 가능성으로 충만했지만, 경찰청장 입장에서는 오컴의 면도날을 확보하여 목표를 둘로 잘라내야 한다. 첫째, 도주범은 그곳에 중요한 이익이 있거나 감정적으로 매여 있다. 둘째, 도주범은 그곳에 아는 사람이 있다.

청장으로선 그 나머지는 운에 맡길 수밖에 없다.

가슴에 손을 얹고 자문해봤다. 나는 이 세상 누구에게도 매여 있지 않았다. 만약 반드시 한 명을 꼽아야 한다면 그건 나 자신이었다. 예전부터 나는 해발이 아주 높은 명산에 올라 일출을 보고 싶었다. 한때는 그게 쇠약한 마음을 치료하는 유일한 방법이라고 생각했으니까. 그리고 엄마와 여러 친척, 원래 학교 친구들은 모두 A현에 살고 있고, 고종사촌 누나 하나가 멀리 떨어진 T시에 살고 있었다. 타지에 아는 사람이라곤 그게 전부였다.

매표소에 줄을 서서 내일 오후 네 시 반에 출발하는 표를 사려고 기다리고 있었다. 그런데 삼십 분쯤 후 갑자기 그 기차가 완행인 게 생각났다. 그대로는 늦겠고 해서 줄에서 벗어나 이것저것 주판을 다시 두드려보았다. 결국 내일 오후 네 시 십 분에 이 역에서 출발하는 기차표를 끊었다. 매표원이 VIP 침대칸은 남았는데 일반 침대칸은 없다고 해서 그럼 입석을 달라고 했다. 잠시 후 나는 기차역에서 꽤 멀리 떨어진 곳에 위치한 항공권 대리 구매처를 찾아가 휴대전화 신호를 연결하고 카메라 앞에서 신분증을 제시하며 내일 저녁 아홉 시에 출발하는 할인 티켓을 몇백 위안에 샀다.

문을 나서자마자 비행기 티켓을 하수구에 던져넣었다.

오후에는 일전에 갔던 옷 가게에 갔다. 가게 주인은 낡은 원피스를 입은 채 카운터에 엎드려 졸고 있었다. 입가에서 침이 흘러내렸고 한쪽 흰자위가 무시무시하게 번득였다. 입구의 확성기에서는 재고 땡처리 광고가 흘러나오고 있었다. 지난번 입었던 셔츠와 정장, 구두, 서류 가방은 치우지도 않고 그대로 널브러져 있었다.

나는 탁자를 톡톡 두드렸다. 그녀는 머나먼 곳에서 깨어나며 "마음에 드는 거 있으세요?"라고 말했다. 나는 그 물건들을 가리켰다. 그녀는 그것들을 훑어보고 또 나를 바라보다 기억을 떠올렸다. "이백 위안에 준다고 해도 그냥 가놓고선."

"아니, 난, 사실 두 벌씩 필요해요." 나는 돈다발을 뒤져 네 장을 뽑아냈다. 그녀는 의심스러운 눈초리로 뚱하니 바라보다, 우산이 펼쳐지듯 갑자기 활짝 웃는 얼굴로 가게를 날아다니기 시작했다. 나는 마치 황제가 된 기분이 들었다. 나는 가장 곤궁한 여인에게 감로를 뿌려 그녀가 앞으로도 살아갈 힘을 주고 있는 셈이다.

그녀는 나에게 차를 따르며 쉴 새 없이 말을 이었다. "워낙에 한눈에 믿음직스러워 보이더라니." 이 모습을 보고는 아예 구매

리스트가 적힌 메모지를 그녀에게 던져줬다. 그녀는 자기 가게에서 꺼내오거나 옆집에 가서 빌려오거나 해서 혁대, 구두약, 향수, 모자 따위의 내가 사려고 했던 일체를 갖춰 가지고 왔으며, 쓰다 남은 포마드는 덤으로 끼워줬다. 나는 모자는 좀 큰 걸로 바꿔달라고 했다.

포장을 마친 후, 그녀는 상을 기다리는 아이마냥 손을 비벼댔다. 나는 두 장을 더 꺼내줬다. "너무 감사해요, 사장님. 사장님은 정말 통이 크세요." 진심으로 그녀에게 다가가 키스를 하면서 손으로 한 장 슬쩍 빼오고 싶은 생각이 들었다. 나는 윙크를 하며 문을 나섰다. 아마도 그녀는 아주 기뻤을 것이다.

추가로 쥐약과 비스킷, 생수를 샀다. 이중 비스킷 한 봉지는 집에서 뜯어먹었다. 먹다 남은 비스킷에 쥐약을 뿌려 비닐봉지 안에서 골고루 섞일 때까지 바스러뜨렸다. 그런 다음, 먼 길 떠나기 직전의 누구나가 그렇듯 나는 극도의 흥분에 휩싸인 채 짐을 꾸렸다. 돈은 여행 가방 안쪽 깊숙이 쑤셔넣고, 속옷, 구두약, 칫솔, 치약, 수건, 샴푸, 비누, 비스킷, 생수를 집어넣었다. 그 위에는 안경, 서류 가방, 와이셔츠, 양복바지, 양말, 혁대, 구두, 포마드, 빗, 향수를 올렸다. 기차표와 신분증 두 개는 지갑에 넣어두었다. 한 장은 가짜다. 수염 기르기 전에 재미 삼아 증명서 발급 광고를 보고 찾아가 백 위안을 들여 만들어둔 것이다. 가짜 신분증에 적힌 내 이름은 리밍李明이며, 주소지는 베이징이었다.

모자를 손에 들고 빙빙 돌리다 다시 머리에 썼다. 혹시 빠뜨린 게 없나 생각하고 있었다. 나는 나 자신을 믿지 못한다. 그래서 가방을 열고 물건을 쏟아부은 후 하나씩 조사해보니, 과연 면도기를 깜빡하고 챙기지 못했다. 딱히 치명적인 실수는 아니다. 내려가서 하나 사면 그뿐이다. 그러나 그것을 계기로 다시 한번 마음을 다잡게 되었다. 이번 일은 내 인생에서 내 의지로 할 수 있는 마지막 몇 가지 중 하나다.

이제 방을 치우기 시작했다. 거실은 원래 자그마한데 숙모가 살 때 쓸데없는 물건들을 잔뜩 쌓아놓았다. 나는 양쪽 유리창을 꽉 걸어 잠그고, 커튼을 닫았다. 텔레비전 받침대, 소파, 신발장, 분재 화분과 그 밖의 잡다한 물건들은 모두 한쪽 모퉁이에 밀어두고 대걸레로 먼지 한 톨 없게 닦았다. 그런 다음 세탁기를 화장실에서 밀고 나와 문 옆에 세워두었다. 잭나이프와 나일론 끈, 쥐약을 섞은 비스킷은 한쪽 모서리에 놓아두고, 투명 테이프를 뜯어 벽에 붙여서 걸어놓았다.

나는 바닥에 누워 떠나기 직전의 애상에 젖어 엄마에게 전화를 걸었다. 자발적으로 엄마에게 전화를 건 것은 이번이 처음이었다. 우리는 자주 다퉜다.

아빠가 죽었을 때 엄마는 눈물 한 방울 흘리지 않았고, 두려워하지도 않은 채 장사를 시작했다. 다른 사람에게 음료수를 팔았지만 자신은 '쾌속 가열기熱得快'라고 불리던 간이 전열봉으로 물을 끓여 먹었고, 화물이 도착하면 운반비를 아끼려고 한 상자씩 직접 들어 옮겼다. 내가 만약 과자라도 하나 집어 먹을라치면 야단법석을 떨었다. '그거 비위생적이야, 폐식용유로 튀긴 거잖아.' 그렇게 큰 업체에서 고객에게 해로운 걸 팔 리가 있냐고 대꾸하면 바로 말을 바꾸었다. '그런 게 다 돈이야. 네가 한 봉지 먹어치우면 나는 꽉꽉 밟아서 백 봉지는 팔아야 겨우 메꿀 수 있단 말이야.'

"엄마는 대체 뭘 위해 돈을 버는데?"

"당연히 널 위해서지."

"날 위해서라고 하면서 이거 하나 못 먹게 해?"

"네 장래를 위해서다."

"장래에 내가 만약 암으로 아무것도 못 먹게 되면 말짱 도루묵 아냐?"

나는 먹던 걸 집어던졌다. 등 뒤로 사나운 목소리가 들려왔다.

"야, 이렇게 하면 지금도 못 먹잖아!"

내가 보기에, 엄마는 돈만 사랑한다. 내가 돈 들어가게 하는 걸 볼 때마다 그녀의 눈빛은 또 돈을 상실하게 되었다는 비장함으로 가득 찼다. 만약 천 위안과 나 사이에 선택을 해야 한다면 엄마는 분명 전자를 택할 것이다. 분명히 그럴 것이다. 그런데 나중에 생각해보니 꼭 그런 것만은 아니었다. 그렇게 우스꽝스러운 다툼이 자주 일어났던 이유는 나의 성장이 그녀를 두렵게 했기 때문이다. 문맹인 엄마가 유일하게 이해하고 또 몸으로 직접 검증해왔던 이치는 고생스레 돈을 버는 것이다. 그것은 엄마가 나를 통제할 수 있는 유일한 자산이었다.

나중에 나는 엄마와 거의 문제를 일으키지 않고 엄마가 하고자 하는 대로 내버려뒀다. 그런데 지금, 엄마 목소리가 들려오자, 영원히 다른 세계로 미끄러져 들어갈 자신의 모습이 떠올라 눈물이 뚝뚝 떨어졌다. 어떤 책에서 본 말이 떠올랐다. "엄마는 딱 한 명뿐인데 말이야."(카뮈의 『이방인』에 나오는 구절이다.) 나는 조용히 앉아 애상에 젖은 채 엄마의 엄숙한 설교를 듣고 있었다. "졸업하기 전에 네 인생에서 큰일 하나는 해결되었다. 앞으로 삼촌 숙모 말 더 잘 듣고, 부지런히 살아야 한다."

"응."

딱히 서로 더 할 말은 없었기에 말을 돌렸다.

"숙모는 왔던가?"

"왔지. 나를 대접한답시고, 좋은 옷을 몇 벌이나 들고 왔더구나."

"언제 간답디까?"

"내일 오후에."

이 정도면 됐다 싶어 전화를 끊고, 콩제에게 메시지를 보냈다. "이제 더 이상 참을 수가 없어. 정말로 숙모를 죽여버리고 싶어." 그녀에게서 바로 답 전화가 왔다. "화내지 말고, 조금만 참아봐. 우리 함께 방법을 생각해보자, 응?" 그녀의 목소리는 하늘에서 떨어지는 폭포수처럼 내 몸을 휘감더니 순식간에 사라졌다. 나는 잠시 멍해져 말로 다하기 힘든 충동을 느꼈다. 그 목소리가 다시 들려오자 분명해졌다. 부드럽게 진심을 다하며 조바심 내지만 내버려두고 떠나지 않을 그 목소리는 한 사람의 다른 사람에 대한 사랑이었다. 설령 그녀가 사랑하는 게 모든 사람이라고 할지라도. 나는 목 놓아 울었다.

나는 너무나 슬프게 울었다. 오랫동안 그게 사실이 아니라고 느껴질 정도였다. 나는 왔다 갔다 하다가, 슬픔에 젖은 김에 노트를 찾아 일기를 쓰기 시작했다. 머리를 쥐어짜내 몇 문장을 겨우 써내려가다가, 나중에는 그냥 이렇게만 적었다.

사촌누나 사촌누나 사촌누나 사촌누나
사촌누나 사촌누나 사촌누나 사촌누나
사촌누나 사촌누나 사촌누나 사촌누나
사촌누나 사촌누나 사촌누나 사촌누나

한 페이지 한 페이지 써내려갔다. 볼펜이 말라 써지지 않을 때까지.

행동

더 이상 기다릴 수가 없었다.
나는 티셔츠와 운동복으로 갈아입은 뒤
잭나이프를 들고 왔다 갔다 했다.
착, 착.

알람은 오전 9시로 맞췄지만, 8시에 일어났다. 콩제에게 메시지를 보냈다. "숙모하고 크게 한판 떠서 있을 곳이 없어. 오후 2시에 숙모 계실 때 물건 챙겨 나오려고 해. 와줄 수 있어?"

"돌이킬 수 없어?"

"안 돼. 벌써 저녁에 고향 가는 기차표도 끊어졌어."

꽤 오랫동안 아무 반응이 없었다. 휴대전화 액정을 노려보고 있자니, 사람과 사람 사이는 결국 멀어질 수밖에 없다는 생각이 들었다. 이쪽에서는 큰일이라도 저쪽에서는 개털만도 못한 법이다. 더 이상 참을 수가 없어 전화를 걸려는 순간 그녀에게서 답신이 왔다. "우선 진정하고 돌이킬 수 있는지 한번 봐봐."

"지금 통화하기 괜찮아?"

"괜찮아."

나는 바로 전화를 걸었다.

"시간 맞춰 와줄 수 있어?"

저쪽에서는 아무 말이 없었다. 그녀가 망설이고 있다는 걸 잘 안다. 그녀가 한결같이 떠받들던 원칙은 기꺼이 남을 돕는다는 것이지만, 지금 내면에서 일어나는 느낌은 '귀찮음'이다. 그녀는 이 일이 아주 귀찮다고 느끼고 있다. 나는 좀 실망했다. "아무 말도 못 들은 셈 치자. 그럼 이만." 이 말만 하고 전화를 끊었다.

잠시 후, 그녀에게서 메시지가 왔다. "갈게. 너무 낙심하지 마. 무슨 일이든 돌이킬 여지는 있다고 믿어야 해."

나는 냉담하게 답했다. "고마워." 잠시 생각하다 한 줄 더 보냈다. "제삼자가 이 치욕스런 상황을 알게 되는 일은 영원히 없었으면 해."

"그럴게."

이때 이웃집 허씨 노인이 볶음 요리를 하는지, 주걱으로 냄비 바닥을 쉴 새 없이 긁고 있었다. 그 소리가 가슴을 찢어놓았다. 모자를 쓰고 티셔츠를 입고 밖으로 나왔다. 경비 초소에 도착하기 직전에 나는 슬리퍼를 소리 나게 끌었다. 초병은 45도로 눈을 흘겨보았다. 다섯 손가락을 모아 바지 재봉선에 붙인 채 조각 상처럼 한 치의 움직임도 없었다. 가까이 다가가 보니 땀이 흘러 내렸고, 힘을 너무 세게 주고 있어 손끝과 엉덩이가 미세하게 떨리고 있었다.

몇 번을 헛기침만 하다가 겨우 호칭을 생각해냈다. "선배님, 오늘 근무 오후까지 서세요?"

그는 로봇처럼 90도로 회전하며 발을 착착 굴려 차렷 자세를 취했다. "네. 오후 3시까지입니다."

"친구 하나가 2시에 올 건데, 수고스럽겠지만 좀 들여보내주세요."

"어떻게 생겼습니까?"

"여자예요."

그에게서 이해하겠다는 미소가 떠올랐다. 나는 모자를 벗어 부채질을 하면서 말했다.

"햇볕 엄청나네요."

"네, 그렇습니다."

그러면서 이 기회를 빌미로 나랑 느슨하게 잡담이라도 나눌 모양새였다. 그는 물론 내가 군사학교 교무처 처장의 조카라는 사실을 안다. 나는 거만하게 발걸음을 옮겼다. 그들처럼 사는 건 혐오스러웠다. 그들과 안면을 틀 생각은 전혀 없었다.

나는 장사가 잘 안되는 이발소를 찾아가 딱 한마디만 했다.

"이 삐쭉삐쭉한 머리칼이나 좀 정리해야겠네요." 그들은 참새처럼 달려와 허둥지둥하며 선풍기를 틀고 차를 따르고 의자를 옮기며 나에게 무슨 샴푸를 쓰는지, 어떤 헤어스타일로 할 건지 물어보았다. 책자를 뒤적이며 헤어스타일을 살펴보니 모두 새 같았다. 꿩 꼬리마냥 울긋불긋한 색깔의 머리를 모아서 세워놓았다. 그래서, "좀 반듯한 스타일도 가능한가요?"라고 물었다. 그들은 다른 책자를 가져왔다. 거기에는 온통 한국과 일본의 청순한 연예인들이 반항기에 가려지지 않는 유치함을 드러내고 있었다. 나는 손짓으로 설명해보려 했지만 요령부득이었다. 이때 텔레비전에서 마침 정시 뉴스가 나왔는데, 나이를 가늠할 수 없는 한 남자가 뉴스를 보도하고 있었다. 나는 저렇게 해달라고 말했다.

텔레비전을 보다가 갑자기 아나운서의 동작 하나, 말 한마디가 모두 이 업종의 무한한 합리성을 보여주는 것이라는 생각이 들었다. 그래서 필기구를 부탁해서 세세하게 기록해두었다. 내가 보기에, 순식간에 주변 사람들의 존중과 신임을 얻기 위해서는 다음 몇 가지 비결을 터득해야 한다.

1. 복장은 간편하고 평범한 것으로 하되, 색깔이 점잖은 것이어야 한다.
2. 머리는 2대 8 가르마로 하고 머리카락 방향은 뒤쪽과 오른쪽으로 넘기되, 한 올도 흐트러짐 없이 깔끔하게 정리한다.

3. 얼굴 표정이 너무 풍부해서는 안 된다.

4. 동작은 온화하고 자연스럽고 적절하게 한다.

5. 머리는 똑바로 들고 아래턱은 살짝 당기며, 시시각각 자연
   스럽고 진지한 미소를 유지한다.

6. 눈은 너무 크게 떠서도 안 되고 흐리멍덩해서도 안 된다.
   눈빛을 맑고 부드럽게 모으되, 각도는 똑바로(살짝 아래로)
   바라본다. 눈앞에 사람이 있으면 항상 마음에 담아둔다는
   태도로 임한다.

거울에 비친 자신의 모습과 대조해보았다. 완전히 다른 얼굴
이 눈에 들어왔다. 내 눈빛은 차갑고 어디에도 고정되지 않았다.
입꼬리는 처졌고 수염은 덥수룩했으며, 머리카락은 사방으로 마
구 뻗쳤다. 그 오랜 세월 인이 밴 나태함과 무료함이 이미 얼굴
에 각인되어 있었다. 내가 아무 범죄를 저지르지 않아도, 가장
먼저 나를 의심하겠다는 생각이 들었다.

나는 아나운서의 몸가짐을 따라 해보려고 고심했지만, 잠깐
사이에 파악하기는 극히 힘들었다. 잠깐 사이 이발사도 그렇고
나도 그랬는데, 이보다 더 웃기는 일은 없다는 생각이 들 정도였
다. 그러나 머리 손질이 끝나자 눈앞이 환해졌다. 제법 점잖고
위엄 있게 변한 자신의 모습을 알아보지 못할 뻔했다. 이발사는
수염도 깎을 건지 물었다. 나는 괜찮다고 대답한 후 계산하고 나

왔다.

시간이 아직 이른데 딱히 할 일이 없어 당구장을 찾았다. 이른 아침이라 손님이 거의 없었다. 나는 주인에게 한 게임 치자고 제안했다. 주인은 나를 흘깃 쳐다보며 조심스레 말했다. "별로 잘 못 치는데." 그러면서 손은 벌써 큐를 잡고 있었다.

"저도 잘 못 쳐요."

그는 시작부터 삑사리를 냈다. 내가 한번 봐주겠다고 해도 그는 받지 않았다. "시합은 시합인데, 봐주고 그러면 안 되죠." 알았다고 말한 뒤 큐를 들어 꼴사나운 자세로 치기 시작했다. 첫 판은 오십 위안이었다. 나는 딱히 이기고 싶은 생각이 없었다. 주인도 공을 넣으려 하지 않은 채 입으로는 계속해서 자신이 정말로 못 친다며 투덜거렸다. 그게 낚시인 줄은 알고 있지만, 물 들어올 때 노 젓는다고 연속으로 두 게임을 이겼다.

세 번째 게임에서 주인이 판돈을 두 배로 불렀고, 나도 좋다고 했다. 그러면서 덧붙였다. "이제부터 제대로 칠 겁니다." 나도 좋다고 했다. 주인은 나의 투지가 아직 불붙지 않은 걸 알고 있었기에 원래대로 계속 초보 흉내를 내며 오랫동안 심사숙고하고 하나하나 따져가며 공을 쳤다. 그렇지만 넣으려고 마음먹은 공은 다 들어갔다. 나는 냉장고에서 맥주병을 꺼내 입으로 따서 마신 후 눈을 감고 마음을 가라앉혔다. 사실 짜증이 났다. 당구 칠 때면 항상 이렇다. 안 치고 있으면 치고 싶은데, 세 판만 치고 나면 따분해지면서 상대편이 점점 귀찮게만 느껴졌다.

그는 별 대수롭지도 않은 기술로 각이 나오지 않게 겐세이를 놓은 뒤, 실실 쪼개며 말했다. "살살 합시다."

가까이 가서 보니 이 정도 겐세이도 내가 깨지 못할 거라 얕보고 있는 게 분명해, 흰 공을 쿠션으로 쳐서 목적구를 포켓에 집어넣었다. 그런 다음 마세로 찍어서 남아 있는 검은 공을 구멍으로 바로 넣어버렸다. 그는 목이 댕강 잘린 듯한 표정으로 큐를 한쪽에 세워놓았다. 나는 흰 공을 포켓 속으로 곧바로 밀어넣어 우선권을 그에게 넘겨주었다. 그는 말했다. "형씨, 시원시원하네."

"맥주 한잔 샀다고 생각하세요."

주인은 판돈 없이 한 게임 더 치자고 말했지만 나는 고개를 저었다. "이런 느낌이 어떤 건지 아실랑가 모르겠네요. 저보다 나이가 많긴 하지만요."

"말해보슈."

"당구를 칠 때마다 차라리 죽는 것만 못하다는 혐오감이 들곤 합니다."

"알죠. 댁보다야 훨씬 잘 알죠."

주인은 당연히 나보다 더 잘 알 것이다. 혼자서 몇 년이고 당구장을 지키며 당구공이 수만 번 모였다 흩어지는 걸 지켜보는 것보다 더 고통스러운 일이 있겠는가? 도스토옙스키의 『죽음의

집의 기록』에 다음과 같은 서술이 있다. 나무통 하나에서 다른 통으로 물을 옮겨 담게 한 뒤 그 다른 통에서 원래의 통으로 다시 옮기라고 시킨다면, 며칠 지나지 않아 죄수들은 그런 모욕과 수치를 감내할 수 없어 차라리 죽기를 바라게 된다. 그런 느낌일 것이다.

점심으로 먹은 것은 뉴올리언스 치킨윙이다. 이것은 나의 성찬이다. 매번 먹고 싶어질 때마다 욕망을 억눌러야 했다. 그러다 더 이상 참지 못해 노릇노릇 즙이 뚝뚝 떨어지는 기름진 그놈들이 눈앞에서 온통 떠다닐 때가 되어서야 KFC에 들어섰다. 먹기 전에 나는 몇 번이고 손을 씻고 종이 타월로 말끔히 닦았다. 그러고 나서야 우아한 한 마리 사자처럼 오랜 시간을 들여 찢고 발라서 골수까지 깔끔하게 쪽쪽 빨아 먹었다.

오늘은 치킨윙을 먹어도 아무런 맛이 나지 않아 그냥 나와버렸다.

일회용 면도기를 산 후 모자를 눌러쓰고 집으로 돌아왔다. 초병은 여전히 가로수처럼 꼿꼿하게 서 있기만 하고 나를 막지 않았다. 모자 아래에 있는 사람이 나라는 걸 잘 안다는 뜻이다. 허씨 노인은 마침 개를 끌고 바깥으로 나오고 있었다. 모든 게 내 뜻대로 진행되고 있어 멀찍이 한쪽으로 비켜섰다. 그 늙은 개는 이따금씩 혓바닥을 내밀며 고개를 처박고 땅에 먹을 게 없나 찾고 있었다. 영감탱이는 멍한 눈빛으로 트림을 하며 손가락으로 이빨을 후비고 있었다. 내가 보기에 그는 진즉에 죽었다. 모든 게 죽은 상태로 껍데기만 남은 채 시계가 지령 내릴 때를 대기하고 있다가 정해진 시간에 나갔다 돌아오고, 돌아왔다가 나가기를 반복했다.

집에 돌아와 문을 걸어 잠그고 불을 켠 후, 벽돌공이 공사가 끝난 건물 앞에서 뭔가 빠진 게 없는지 생각하는 것처럼 서 있었다. 우스갯소리 하나가 떠올랐다. 어떤 우락부락한 체격의 남자가 지나가는 차를 막아선 뒤 운전자에게 자위를 하라고 명령했다. 운전자는 위세에 눌려 어쩔 수 없이 시키는 대로 했다. 남자는 한 번 더 하라고 명령했다. 그렇게 몇 번이나 시켜본 뒤, 그제야 남자는 여동생을 불러왔다. "좋아. 이 사람이라면 도시로 따라 가도 되겠어."

눈을 감고 상상했다. 콩제가 오렌지색 불빛 아래에서 긴 머리를 풀어헤친 뒤 망사 치마를 벗고 침대에 올라 발발 떨면서 몸을 오므리고 있다가, 어쩔 수 없다는 듯 다리를 벌릴 때 입술을 꽉 깨물고 피부가 팽팽하게 긴장된 채 온몸을 꿈틀거리는 모습을. 나는 여명 직전에 성을 공격하는 전사처럼 창을 들고 비오는 밤을 질주했다. 내 갈망이 어떤 지점에 이르자 폭죽처럼 펑 터질 것 같아 애써 꾹 참고 지연시키려 했다. 그러나 그 순간은 느닷없이 찾아왔다. 그래도 몇 번은 더 할 수 있을 거라 생각했는데, 다시는 서지 않았다. 화장지를 찢어 찐득찐득하게 달라붙은 손을 닦았다. 너무나도 암담한 기분이었다. 암담 분자가 땅바닥에서 한 무더기 올라오고 하늘에서 한 무더기 내려와 온 세상이 이미 함락되어버린 것만 같았다.

이제 시간이 빨리 가기만을 바랐다. 더 이상 기다릴 수가 없었다. 나는 티셔츠와 운동복으로 갈아입은 뒤 잭나이프를 들고 왔다 갔다 했다. 착, 착.

실시

그녀는 영원히 훼손되었다.

약속된 시간인 2시가 되었다. 바람 한 점 없었고, 거대한 빛무리가 자갈길과 대추나무 이파리에서 번뜩이고 있었다. 초병은 외로이 서 있고 차들이 끊임없이 지나다녔다. 그녀에게 메시지를 보내봤지만 답이 없었다. 기다림은 언제나 이렇다. 도무지 말이 안 되는 일이다. 특히 여자를 기다릴 때가 그렇다. 여자들은 외출하기 전에 굉장히 오랜 시간을 들여 화장하고 옷을 갈아입으며 가장 적절한 자신의 모습을 찾으려 한다. 여자들에게는 늦는 이유가 있는 것이다.

2시 반이 되자, 나는 그녀가 오지 않을 거라 단정 짓고 집으로 돌아와 벽에 몇 글자 적었다. '일을 꾸미는 것은 사람이지만, 일이 되게 하는 것은 하늘이다.' 그런 뒤 벽에 기대어, 거대한 수레

바퀴가 가라앉는 것 같은 헛헛함을 견뎌냈다. 할 수 없이 아무나 하나 골라야겠다는 생각이 들었다. 시간이 많지 않다. 모자를 눌러쓰고 잭나이프를 바지 주머니에 넣은 뒤 밖으로 나왔는데, 콩제가 초병과 이야기를 나누고 있었다. 그녀는 나를 보고는 다가왔다. 오늘 그녀는 말총머리를 하고 새하얀 티셔츠에 하늘색 치마를 입고 있었다. 크리스털 목걸이를 하고 자그마한 붉은 염주를 세 겹으로 손목에 둘렀으며, 신발은 꽃잎이 화사한 연꽃이 장식했다. 그녀의 생활은 이렇게나 세심하게 가꾸어져 있었다. 눈동자는 검은 진주 같았다. 얼굴은 연지같이 붉었으며 입술은 투명할 정도로 맑았다. 숨이 막힐 듯 가슴이 들썩이고 있었다. 그녀는 그림에서 걸어 나온 것 같은 모습이었다.

나는 살짝 당혹스러웠다.

그녀가 말했다. "늦지 않았지?"

"일찍 오든 늦게 오든 마찬가지잖아."

"나 감기 걸렸어."

갑자기 눈앞이 밝아지며, 함부로 사람을 단정 지은 자신이 부끄러워지기 시작했다. 이렇게나 훌륭한 아가씨를 내가 손보겠다고 달려들고 있구나 하는 생각이 들었다. 그러나 지금은 내가 그녀에게 무얼 하려고 한다기보다 그녀가 나를 좌지우지하며 그녀에게 뭔가를 해달라고 하는 것 같았다. 그녀는 성모처럼 앞으로 걸어와 나를 이끌고 계단을 올랐다.

"모자는 왜 안 벗어?"

"내용의 일부야."

그녀가 무슨 말인지 모르겠다고 하자, 나는 다시 한번 반복했다.

"그냥 내용의 일부라고."

나는 말을 좀 얼버무렸다. 걸음을 계속 옮기며, 이 계단이 끝없이 이어지기를 갈망했다. 그러나 계단은 하나하나 줄어들고 있었다. 나는 자신에게 말했다. "괜찮아. 아무 일 없을 거야."

그녀는 말했다. "뭐가 괜찮아, 이렇게 큰일인데."

나는 그녀의 목덜미에 배어난 투명하게 맑은 작은 땀방울을 바라보았다. 그녀는 정말로 갓 빚은 도자기 같았다. 몸에서는 비온 뒤 푸른 나뭇잎에서 맡을 수 있는 상큼한 향이 배어났다. 나는 더 이상 움직일 수 없었다. 그녀는 몸을 돌려 나를 기다려줬다. 이 짧은 틈에 그녀는 손으로 눈두덩을 가리며 하늘을 바라보았다. 거기에는 구름 한 점 없는 짙푸른 하늘이 깊고도 끝없이 펼쳐져 있었다. 태양은 무수한 전기 용접 불빛을 한데 모아놓은 것만 같았다. 아무런 소리도 들리지 않았다. 그녀는 새하얀 이를 드러내며 뇌성마비 환자처럼 헤벌레 웃은 다음 계속해서 걸어 올라갔다. 나는 괴로움을 견디다 못해 몇 번이고 꺼지라고, 최대한 멀리 꺼지라고 고함을 지를 뻔했다. 심지어 그녀의 엄마가 원망스러워졌다. 어째서 자신의 딸이 이렇게도 제멋대로 아무나

신뢰하게 만들었단 말인가?

마침내 그녀는 집 앞에 이르렀다. "숙모님이 말 꺼내기 거북해하시는 거 아냐?" 나는 말했다. "이미 엎어진 물인데 어쩌겠어." 그녀가 문을 열었다. 안은 칠흑처럼 캄캄했다. "커튼 왜 닫아놨어?" 나는 안으로 들어가 불을 켜고 방범 문과 나무 문을 잠갔다. 그녀는 안절부절못하며 말했다. "안에 계시니?"

응, 이라고 대답한 뒤 침실로 들어가 커튼 틈으로 바깥을 살폈다. 왜인지 알 수 없지만, 이 순간이 되고서도 나는 여전히 그 일이 정말인 척했다. 나는 말했다. "숙모는 주무셔." 그녀는 방 안을 찬찬히 살펴보다 여행 가방을 발견하고 이해한다는 표정을 지었다. 그 옆의 세탁기를 보고는 갸우뚱했다. "이것도 고향으로 들고 가려고?"

나는 말없이 고개를 끄덕였다.

우리는 어색하게 몇 마디 주고받았다. 아무 일도 일어나지 않을 것만 같았다. 그러다 갑자기 벽시계의 태엽이 튕겼다. 그것은 마치 한 자루 칼처럼 고통스럽게 내 심장을 파고들었다. 이어서 당, 당, 당, 연이어 세 번 종이 울렸다. 나는 굼뜬 동작으로 그녀의 등 뒤로 가 허리를 안으며 입과 코를 움켜잡았다. 그녀는 거칠게 숨을 몰아쉬며 내 손바닥을 때렸다. 내 손은 더 거칠게 그녀의 뺨을 파고들어갔다. 그녀는 손으로 잡아당겨봐도 꿈쩍도 하지 않자 꼬집기 시작했다. 가위로 잘라낼 기세로 꼬집어도 소

용이 없자, 길들여지지 않는 어린 야수처럼 사납게 날뛰었다. 그
녀가 이렇게 힘이 좋을 거라고는 상상도 못했다. 땀이 비 오듯
흘러내렸다. 나는 황급히 귓속말로 속삭였다. "부탁인데, 가만히
좀 있어. 제발 부탁이야."

그녀는 갑자기 동작을 멈추고 힘을 빼기 시작했다. 그녀가 감
사해야 할 부분은 내가 살짝 손을 풀어 숨을 쉴 수 있게 해줬다
는 점이다. 훗날 생각해보니 이것은 경우에 맞는 행동이었다. 한
남자가 한 여자와 성관계를 맺을 때 과하게 완력을 써도 효과가
없다.

그 말을 하고 나자, 그녀는 그 자리에 멈춰 괴롭지만 현실을
받아들이기 시작했다. 그러나 이건 강간이 아니었다. 나는 벽
에 붙여둔 투명 테이프를 뜯어내 이빨로 물어 15센티미터 정도
로 잘랐다. 그녀는 어리둥절 혼이 빠져 있다가 투명 테이프로 입
을 막으려 하자 다시 찢고 뜯고 난리였다. 과일 껍질처럼 그것
을 뱉어낸 뒤, 두 손을 허공으로 파닥이며 날카로운 비명을 질렀
다. 비명은 갑자기 날아온 포탄처럼 우아한 곡선을 그리며 미끄
러져, 정확히 저 멀리 길가로 떨어졌고 사람들의 심장에 내리꽂
혔다. 아마도 몇 분 후에 군인과 사람들이 무기를 들고 시커멓게
몰려올 것만 같았다. 그녀가 계속해서 비명을 지르려 하자, 나는
입을 막으며 잭나이프를 꺼냈다. 칼날을 튕겨내 그녀의 복부를
겨냥해 찔렀다.

첫 살인이었다. 손과 영혼이 모두 텅 빈 느낌이었다. 마치 칼로 찌른 게 아니라 늪에 빠지듯 살이 칼날을 집어삼킨 것 같았다. 생각은 순간을 따라 미끈한 곳으로 삼켜졌다. 끔찍한 이 느낌에서 벗어나고 싶었지만 손이 말을 듣지 않아 뜨끈뜨끈한 피에 손이 푹 잠길 때까지 연이어 찔러댔다. 비릿한 피비린내가 파도처럼 방 안으로 밀려들어왔다. 경련이 일고 있는 그녀를 질질 끌고 창가로 갔다. 칼로 커튼 모서리를 걷으니 초병이 정원에서 귀를 쫑긋하고 있는 모습이 눈에 들어왔다. 건물에서 난 비명인지 확신하지 못하는 눈치였다. 사람 소리인지조차 판단하지 못하고 있었다. 그러나 비명을 들은 것은 분명했다. 아무도 확인하러 오지 않자 그는 아쉬운 듯 초소로 돌아가 차렷 자세로 반듯이 섰다.

나는 크게 한숨을 쉬었다. 콩제는 아래로 축 처지고 있었다. 손을 놓으니 온몸이 바닥으로 미끄러져 내렸다. 입이 벌어졌고 눈이 튀어나왔다. 눈썹 뼈, 눈두덩이, 콧잔등, 하악골 따위의 원래 감춰져 있던 부위가 모두 모습을 드러냈다. 새하얀 티셔츠는 이미 궁극의 빨강으로 물들어 있었다. 빨강 위에 빨강을 한층 더 끼얹어 선연하게 만발한 모란 같았다. 이렇게 큰 모란은 본 적이 없어, 무서워졌다.

그녀는 영원히 훼손되었다. 커다란 유리를 옥상에서 내던져 영원히 훼손되듯이, 되돌릴 수 없다.

나는 벌벌 떨며 벽에 기대었다. 눈물이 어지러이 토해져 나왔다. 내가 결국 그녀를, 한 사람을 이렇게 파괴시켜버렸다. 그러나 이미 저질러버린 광기를 위해, 차후에 이곳에 있을 법의학자가 경악하도록 하기 위해(그들은 시체를 보고도 무덤덤하다), 나는 쪼그리고 앉아 칼로 그녀의 얼굴을 긋고 몸을 난도질했다. 아무 쓸모없는 물주머니인 것처럼 찔러댔다. 칼날이 부러졌고 피가 얼굴 가득 튀었다. 나는 그녀를 안아 머리를 아래로, 발을 위로 가도록 세탁기에 거꾸로 처박았다. 비틀거리며 화장실로 걸어 들어갈 때까지도 그녀는 여전히 세탁기 안으로 파고들고 있었다.

옷을 벗고 샤워기를 틀어 몸을 씻어냈다. 엄청난 양의 피가 떨어져 내려 붉은 물줄기를 만들었다. 샤워하는 내내 나는 나지막하게 으르렁거렸다. 깨끗이 다 씻은 줄 알았는데, 어깨 뒤쪽에 커다란 피 얼룩이 거울에 비치자 자신도 모르게 소름이 쫙 돋았다. 몸을 일곱 개 구역으로 나누어 위에서 아래로 차례차례 다시 씻기로 결정했다. 절반쯤 씻었을 때 나는 넋이 나간 것처럼 뛰쳐나왔다. 피바다 사이를 뒤지고 다녔지만 찾을 수가 없었다. 결국 세탁기 안까지 뒤적여 그녀의 휴대전화를 찾아냈다. 아직 신호가 잡히고 있었다. 배터리를 빼내 던져버렸다.

나는 다시 한번 씻은 뒤 옛날에 자주 입던 티셔츠와 체육복을 입었다. 예비용 슬리퍼를 끌고 모자를 쓴 뒤 여행 가방을 둘러멨다. 이렇게 적당히 차려입은 뒤 마지막으로 방 안을 훑어보니, 나일론 끈과 비스킷 봉지가 모퉁이에 그대로 놓여 있었다. 나일론 끈은 가방에 쑤셔넣고 비스킷 봉지는 손에 들었다. 커튼을 열어젖혀 아무도 없는 걸 확인하고는 문을 열고 밖으로 나왔다.

걸어가면서 쥐약 섞은 비스킷 부스러기를 길가에 뿌렸다. 나중에는 손이 너무 떨려 봉지를 던져버렸다. 초병은 나를 등지고 꼿꼿하게 서 있었다. 나는 슬리퍼를 가볍게 끌어 아무 기척도 없이 지나가고 싶었다. 그러나 거리가 가까워질수록 내가 가진 자신감이 일거에 무너질 것이란 사실이 분명해졌다. 내 등에 꽃봉오리처럼 혈흔이 미련하게 피어나고 있을지도 모르겠다. 옷을 입기 전에 검사를 했는지 기억나지 않았다. 다시 되돌아가고 싶었다. 그때 초병의 오른쪽 다리가 경련이 난 것처럼 살짝 떨리더니 한 발이 지면에서 떨어졌다. 나는 눈을 동그랗게 뜨고 그가 몸을 돌리는 동작을 바라봤다. 나는 그 자리에 얼어붙었다. 두 다리가 사시나무 떨듯 흔들리며 죽자고 소리를 냈다.(나는 어쩌자고 긴바지를 입지 않았던가.) 나는 입술을 부들부들 떨며 어떻게 설명해야 할지 막막한 채 초병이 내려와 나를 체포하기만을 기다렸다. 그러나 그는 모자 아래에 있는 사람이 나라는 걸 알아보고 친근한 미소를 띠었다. 그는 입술을 달싹이며 많은 이야기를 나누고 싶어하는 것 같았다. 내가 힘없이 고개를 젓자 그는 딱 한 마디만 했다. "어디 불편하세요?" 나는 고개를 끄덕이며 지나갔다. 그는 비밀을 공유할 사람을 찾지 못해 상당히 고독한 모양이었다.

몸이 초소를 완전히 통과했을 때, 온몸의 기관이 해방된 듯 나를 부추겨 죽기 살기로 달리라고 아우성쳤다. 이러한 충동을 억누르는 것보다 더 고통스러운 일은 없을 것이다. 나는 뻣뻣하게 발을 들었다가 내려놓았다. 이런 식으로 한 걸음씩 앞으로 걸어갔다. 어느 정도 거리가 벌어진 후 조금씩 걸음을 빨리하기 시작했다. 그렇다고 초병이 눈치챌 정도로 하지는 못했다. 그는 지금 손가락을 입에 물고 내 등을 바라보며 골똘히 생각하고 있을 것 같았다. 그는 교대로 들어와 기숙사에 여학생이 와 있다는 사실을 모른다. 그게 아니었다면 그 외마디 비명을 듣자마자 나와 관계된 사건으로 연결시킬 수 있었을 것이다. 연결시키는 순간 그는 로켓처럼 날아와 한 발로 나를 걸어차며 관절꺾기 기술로 나를 옴짝달싹하지 못하게 만들 것이다.

택시 한 대가 멈춰 섰다. 나는 여행 가방을 던져넣고 뒷좌석으로 기어들어갔다. 쾅 하고 차문을 닫으며 그 자리에 널브러졌다. 몇 초가 지나자 기사가 뒤돌아보며 물었다. "어디로 갈까요?" 그제서야 나는 다급히 말했다. "빨리 갑시다, 기차역으로." 택시는 거리를 하나씩 뚫고 가다 주간선 도로로 올랐다. 마침내 드넓은 수면 위의 모터보트처럼 질주하기 시작했다. 나는 몇 번이나 뒤돌아보며 아무도 미행하지 않는 걸 확인한 후, 휴대전화 배터리를 분해하고 모자를 창밖으로 던져버렸다. 그런 다음 면도기를 꺼내 천천히 수염을 깎았다. 그때 창밖을 내다봤다. 지금껏 이렇게 아름다운 햇빛은 없었다. 지금껏 이렇게 착한 사람들도 없었다. 그들은 아이처럼 천진하게 화사한 꽃밭을 뛰놀며 노래하고 춤을 췄다.

도망 1

나는 이곳을 잠시 떠나는 게 아니다. 연을 끊는 것이다.
영원한 이별이다.

서둘러 기차역에 도착하니 탑승 검표 마감까지 1분밖에 남지
않았는데, 역 입구에 안전 검사를 받으려고 기다리는 줄이 엄청
났다. 몇 번이고 앞쪽으로 새치기를 할까 고민하다가 그러지 않
았다. 서둘러도 소용없다. 대합실에 있던 사람들은 깔때기에 넣
어둔 모래처럼 깨끗하게 빠져나갔을 테고, 역무원들은 통로 뒤
쪽을 한 바퀴 두른 뒤 철문을 잠가버렸을 것이다. 이런 사태가
벌어질 것이라고 벌써 마음의 준비를 하고 있었다. 시간은 애초
부터 지체되었다.

여행 가방을 끌고 대합실로 들어선 것은 단지 그 사실을 확인
하기 위해서였다. 그런데 거기에는 승객들이 그대로 앉아 있었

고 내가 탈 열차의 표지판이 아직 개찰구 위에 걸려 있었다. 그제야 오는 길에 몇 번이나 안내되던 내용이 이번 열차의 연착에 관한 방송임이 의식되기 시작했다. 하늘이 나를 돕는구나. 하늘이 나를 돕는다는 말이 바로 이런 뜻이지.

나는 티셔츠와 반바지, 슬리퍼를 화장실에 버리고, 와이셔츠, 가죽 혁대, 정장, 구두로 갈아입었다. 머리를 빗어 넘긴 후 포마드로 고정시키고 향수를 뿌렸다. 안경과 서류 가방으로 마무리한 뒤 여행 가방을 끌고 대합실로 돌아왔다. 내 허리와 어깨는 저절로 아래로 축 늘어지곤 했다. 곧게 펴라고 명령해봐도 온몸이 부자연스럽기는 마찬가지였다. 그러나 한 중년 남성이 친근한 눈빛으로 바라보기 시작하자 나는 곧 그런 느낌을 받지 않게 되었다. 그가 보기에 나는 안정된 직장에 다니는 점잖은 사람이었다. 우리는 이런저런 이야기를 나누기 시작했다. 그는 나에게 무슨 일을 하냐고 물었고, 나는 IT기업에 다닌다고 대답했다. 나는 조금도 거짓말하고 있다는 느낌을 갖지 않았다. 그에게 딸이 있다면 분명히 나에게 시집보낼 태세였다.

잠시 후 승객들이 웅성이기 시작했다. 나도 끼어들어 난간을 두드리며 그들과 똑같이 분노를 표출했다. 한참이 지난 후 통로에서 두 사람이 걸어 나와 개찰구를 열었다. 나는 앞쪽으로 마구잡이로 밀치고 들어가다 뒤를 돌아보니 그럴 필요가 없어 보였다. 거기엔 아무도 없었다. 경찰도 없었고 경비도 없었으며 역무

원도 없었다. 나는 승객들이 모두 나가고 난 뒤 오리몰이 하는 기분으로 느긋이 통로와 계단을 통과해 플랫폼으로 걸어갔다. 녹색 기차가 한 대 가만히 대기한 채 머나먼 외지에서나 만날 법한 자유의 숨결을 내뿜고 있었다. 나는 할 수 없이 탄다는 모양새로 끝에서 두 번째 객실에 올랐다.

사람들은 좌석을 밟고 올라가 선반에 물건을 쑤셔넣거나, 혹은 뜨거운 컵라면을 들고 비틀거리며 이동하고 있었다. 그들이 할 일을 끝낼 때까지 기다렸다가 통로로 들어섰다. 뒷좌석 세 줄은 모두 비어 있었다. 객실 중간에는 한 가련한 농민이 앉아 있었다. 이마에서 땀이 흘러내렸고 두 손을 떨며 (빨아서 이제 금방 풀이라도 먹인 것 같은) 푹 젖은 옷을 입은 채 비스듬히 누워 신음하고 있었다. 한 여성 승객이 감기와 설사에 좋다는 곽향정기산 음료를 건네주었지만 그는 힘겹게 고개를 저었다. 저러다 죽을지도 모르겠다. 나는 제일 뒷줄에 앉았다.

기차가 곧 출발할 줄 알았는데 한참 동안 멈춰 서 있었다. 승무원은 승무실에 들어가 안에서 문을 잠갔다. 그쪽으로 다가가 따지고 싶었다. "나는 모든 걸 계획대로 해왔는데, 당신들은 뭐 하는 거야? 당신들이 얼마나 큰일을 그르치고 있는지 알기나 해?"

한동안은 기척도 없이 기차가 출발한 것처럼 보였다. 심지어 바람까지 느낄 수 있었다. 그러나 옆 기차가 사라지고 나서야 그것이 착시였음을 알게 되었다. 심장을 칼로 찌르듯 시시각각 죄어왔다. 이러한 속박이 어떤 것이냐 하면, 몇십 리 밖에서 연인이 떠나려 하는데 나는 비 오는 밤에 헛되이 진흙탕에서 마차를 끌며 옴짝달싹 못하는 형국이었다. 상당히 오랫동안 창밖의 플랫폼은 텅 비어 정적만 흘렀다. 나는 홀연 경찰에게 끌려가는 자신의 모습이 떠올랐다. 그때가 되면 이렇게 고함을 지르기로 마음먹었다. "여러분 고맙습니다. 감사합니다, 철도국 여러분, 그리고 기차에게도요." 나는 입 밖으로 고함을 질러버렸다.

콩제의 모친은 응당 경찰에 신고를 했으리라. 학교는 다섯 시에 파하는데 지금은 이미 여섯 시다. 경찰은 위성 위치 추적으로 순식간에 우리 집을 찾을 수 있다. 여기까지 생각이 미치자 나는 후회막급이었다. 콩제의 휴대전화를 가지고 나와 아무 데나 버리는 것도 완벽히 가능했건만, 그 휴대전화 신호가 내 방에서 끊어지게 만든 셈이다. 나는 억지로 자신을 납득시키기 시작했다. 콩제의 모친도 자신이 납득할 만한 이유를 찾고 있을 것이다. 그렇게 믿어야 했다. 딸이 고등학교를 졸업할 정도로 컸으면 무슨 일이 생기기 마련이다. 예를 들어 휴대전화 배터리가 없든가, 친구들과 저녁 약속이 있다든가 따위 말이다. "전화 한 통 할 줄도 모르다니, 내 이년을 어떻게 조지는지 두고 봐." 그녀는 분명 이런 식으로 자기를 다독이고 있을 것이다.

잠시 후 나는 숫자를 세기 시작했다. 200까지 세면 출발할 것이다. 600까지 세면 출발하겠지. 그러나 기차는 꿈쩍도 하지 않았다. 이제는 승무원을 찾아가 내려달라고 부탁해야겠다고 결심했을 무렵, 길고 긴 기차 울음소리가 들렸다. 나는 중간에 우뚝서 마치 다른 사람이 된 것처럼 기분이 좋아졌다. 하늘은 이미 어둑해져 짙은 남색이 내리깔리고 있었다. 나뭇가지가 뒤로 사라졌고 건물들이 뒤로 사라졌다. 달은 천천히 따라오고 있었다. 만물이 씹할 마침내 움직이기 시작했다. 나는 이곳을 잠시 떠나는 게 아니다. 연을 끊는 것이다. 영원한 이별이다.

이리하여 나는 도주 생활을 시작했다.

땡땡 하는 소리를 들으며 잠이 들었다. 꿈에서 나는 두려움에 떨며 조사 라인 앞으로 걸어갔다. 늙은 경찰이 내 온몸을 흠씬 구타한 뒤 성가시다는 듯이 가라고 했다. 나는 분기탱천하여 고함을 질렀다. 그런데 또 다른 경찰이 고개를 내미는 느낌이 났다. 그것은 가공할 책임감을 지닌 청년의 눈빛이었다. 그 눈빛은 탐조등처럼 찬찬히 훑으며 이따금 나의 등 부위에 머물렀다. ㅡ 다행히 아직 10여 보 떨어져 있다. ㅡ 나는 의혹에 찬 그의 눈빛을 힘겹게 버티며 앞으로 나아갔다. 그러나 몇 발짝 걷기도 전에 그가 죽어라고 외치는 소리가 들려왔다. "이봐, 당신 몸에 피 뭐야?" 순식간에 사방에서 경찰 호루라기 소리가 울려 퍼졌다. 나는 미친 듯이 달아났다. 발에 용수철이 달린 것처럼 큰 걸음으로 옥상까지 날아올랐다. 한참을 날아 지면에 도착해 이제 경찰을 따돌렸겠거니 생각하며 뒤를 돌아보니, 그들은 포기하지 않고 여전히 따라오고 있었다. 나는 다급히 길가의 낡은 건물로 뛰어들었다.

나는 쿵쿵쿵 하는 추격 소리를 들으며 깨어났다. 끝장이다. 기차는 앞으로 달리고 있지만, 그래도 나는 내가 끝장났다고 생각했다. 그러다 주위의 일면식도 없는 얼굴들이 차츰차츰 떠오르다 하나씩 분명해지자 그제야 현실로 돌아왔다. 화장실로 갔다. 화장실은 잠겨 있었다. 통로로 가 담배를 물었다. 기차는 시커먼 해저를 드나드는 물고기 같았다. 조금은 예술적 감상에 젖는 느낌이 들었다.

자리로 돌아오는데 객실 저쪽에 정말로 경찰 두 명이 서 있는 게 눈에 들어왔다. 그들은 카드 단말기처럼 생긴 걸 들고 소탕하듯 아주 효율적으로 모든 승객의 신분증을 검사했다. 결백한 이들은 기꺼운 마음으로 가방을 뒤져 제시했다. 이게 무언가 목적이 있는 검사인지, 아니면 관례적인 검사인지 판단할 수 없었다. 심지어 계속 고민하고 있을 시간조차 없었다. 나는 화장실로 되돌아갔다. 그들이 고개를 들어 나를 쳐다보는 걸 느낄 수 있었다. 나는 허리를 숙이며 배를 움켜잡고 문을 두드렸다. 안에서 고함이 들렸다. "뭐가 급하다고 난리야?" 나는 다음 칸으로 화장실을 찾아가는 척했다. 반쯤 가다가 슬프게도 이게 마지막 칸이라는 사실이 떠올랐다. 나는 빈자리에 앉아 목석처럼 멍하니 굳어버렸다. 어쩌면 좌석 아래에 숨을 수도 있겠다. 그러나 그것은 어리석은 방법이다.

잠시 후 저쪽 칸에서 한 사람이 건너왔다. 그 농민이었다. 어깨를 좌석이며 차벽에 부딪히며 비틀거리는데, 어디 구토할 곳이라도 찾는 모양이다. 화장실 문이 열리지 않자 그는 계속해서 이쪽으로 넘어왔다. 나는 낮은 목소리로 으르렁거렸다. "돌아가." 그는 누군데 그러나 싶어 나를 쳐다보며 입가를 실룩였다. 나는 영토를 수호하는 태세로 다시 명령을 내렸다. "돌아가, 돌아가라고." 그는 뭔가가 생각난 듯 힘없이 되돌아갔다.

얼마 지나지 않아 화장실에서 잠금쇠가 돌아가는 소리가 들렸다. 재빨리 뛰어갔지만, 저쪽에서 허리춤을 풀면서 뛰어온 아줌마와 밀치락달치락하며 한참을 실랑이한 뒤에야 들어갈 수 있었다. 그러고서도 어깨로 문을 받치고 몇 번이나 자물쇠를 돌리고서야 겨우 문을 잠글 수 있었다. 나는 한 삼십 분은 들어앉아 경찰이 검사를 끝내고 떠날 때까지 기다렸다가 나올 생각이었다. 바깥에서 엎치락뒤치락하는 소란과 사람들의 웅성임이 들리는 걸 보니 경찰이 바로 앞에 와 있는 게 분명했다. 나는 스스로를 유폐시켰음을 깨달았다. 차창의 아래쪽은 꽉 막혀 있고, 위쪽은 열려 있어 스쳐 지나가는 시커먼 하늘이 내다보였다. 창문 손잡이를 당겨봤지만 꿈쩍도 하지 않았다.

문 두드리는 소리가 다급히 들렸다. 나는 찍소리도 내지 않고 있었다. 그러자 문을 발로 걷어차며 반박을 불허하는 호통이 들려왔다. "튀어 나와!" 내 생각에 에너지라는 놈이 체내에서 나를 떠받치기가 너무 벅차 보였다. 그것들은 나에게 달릴 것을 요구하지만 나는 한 발짝도 옮기기 힘들었다. 그래서 미칠 것만 같았다. 바깥의 악다구니는 갈수록 극심해졌다. 그러다 니기미 씹창에 어쩌고 하는 욕을 듣는 순간 가까스로 정신줄을 되찾았다. 고작 이깟 일이 뭐 대수라고? 내가 사람을 죽였다 해서 네가 우리 엄마를 모욕해도 되는 건 아니잖아. 나를 어떤 식으로 모욕해도 상관없지만, 당신이 뭘 믿고 우리 엄마를 모욕하는 거야? 나는 사납게 자물쇠를 돌려 문을 열었다. 그는 내 멱살을 잡았다. 벗어나려 해보았지만 힘이 너무 세서 자기 고추 끄집어내듯이 나를 밖으로 끄집어냈다. 그러더니 황급히 뛰어들어가 문도 닫지 않고 바지를 내린 후 설사를 쏟아냈다.

통로에는 고요한 에어컨 바람만 있었는데, 여태 맡아본 적이 없는 다양한 공기로 가득 찼다.

아무도 찾아와 묻지 않았다. 몸을 일으켜보니, 똥 싸다가 중간에 끊은 것 같은 허탈함마저 느껴졌다. 승객들이 쑥덕대고 있었다. 그 농민은 지나가려다 갑자기 거세게 돌진하여 젊은 경찰을 넘어뜨렸다. 그러나 고참 경찰이 한 대 갈기니 바닥으로 나뒹굴었다. 고참 경찰은 팔꿈치로 목을 짓누르며 말했다. "너 이 새끼 내 진즉에 수상쩍다 싶었어."

어찌된 일인지 분명해졌다. 얼굴은 무표정했지만 심장이 미친 듯이 뛰고 웃음을 참을 수 없었다. 갑자기 오줌이 마려워졌다. 화장실에 그렇게 오래 있으면서도 싸지 않았는데, 지금은 바지에 지릴 정도로 급해졌다. 나는 좆뿌리를 꽉 조이며 화장실 문을 두드렸다. 문이 열리지 않자 손 씻는 곳으로 가 아무도 없는 걸 확인한 후 물건을 꺼냈다. 몇 분, 십몇 분은 싼 것 같다. 계속 더 쌀 수도 있을 것 같았다. 부끄러워 죽을 것 같았다.

도망 2

나와 그, 우리는 모두 스스로 감당하지 않으면 안 되는 쓰레기 같다. 우리는 하늘에서 비행기가 멈춰서 줄사다리를 내린 후 우리를 끌고 어떤 충만한 곳으로 데려다주기를 갈망하지 않은 날이 단 하루도 없다.

기차가 첫 번째 역에서 멈췄을 때 수많은 승객을 따라 내려 어두운 화단에 숨어들어 웅크리고 있었다. 한참 있다가 고속철 한 대가 지나가고 나서야 내가 탔던 열차는 출발하기 시작했다. 노점상들이 노점 수레를 끌고 나가고 멀리 철문이 잠기는 소리가 들리자 철로로 내려가 어둠을 뚫고 앞으로 걸어갔다. 걷다보니 간간히 똥을 밟곤 했는데, 그때마다 모욕감이 느껴졌다. 다행히 십 분도 걷지 않아 등불이 나타났다.

나는 익숙한 곳이라도 되는 양 빠르게 다가갔다. 그러나 가까이 다가가보니 가로등, 건물, 간판, 심지어 그림자까지 예리한 칼날을 드리운 채 잔인하게 나를 난도질했다. 청년들 몇이서 당구를 멈추고 꿈쩍도 않은 채 쳐다봤다. 어둠의 어디에서 내가 튀어나온 것인지 궁금한 눈빛이었다. 옆에 앉은 노인은 부채를 부치며 이 없는 입술로 헤벌쭉 웃고 있었다.(청년들이 나를 죽인다고 해도 노인은 똑같이 동조하는 눈빛을 하고 있을 것 같았다.) 순식간에 오토바이 택시가 몰려와 나를 에워쌌다. 그들은 빠른 방언을 쏟아냈으며, 잔혹한 눈빛을 조금도 숨기지 않고 드러냈다. 심지어 그들은 내 대답을 기다릴 생각도 없었다. 그중 한 대가 나를 싣고 동서남북으로 한 바퀴 돌더니 오십 위안을 가져갔다.

나는 가방을 들고 '리민利民'이라는 이름의 여관으로 들어섰다. 민가를 개조한 것으로, 로비에는 향로를 늘어놓았다. 1층 창문은 철조 방범 창을 달았고 바닥이 축축해서 이불 쉰내가 풀풀 풍겼다. 나는 2층 방을 요구했다. 그들은 내 가짜 신분증으로 등록을 하다가 베이징 출신이라는 걸 알고 조금 공손해졌다. 그러나 내가 텔레비전을 바꿔달라고 요구하자 문을 잠가버렸다. 흑백텔레비전 화면에는 하얀 선만 하나 나왔다. 커튼은 찢어져 있었다. 1인용 침상에는 누리끼리한 이불이 깔려 있었고, 베개는 거무칙칙했는데 커버도 씌워져 있지 않았다. 화장실용 쪼리는 끈 하나가 빠져 있었다.

나는 자물쇠를 걸고 창가로 가 아무도 없는 정원과 하늘을 바라보았다. 나 홀로 여기 있다. 왜 여기 있는지는 알 수 없었다.

처음 며칠은 외출하지 않고 아래층에 내려가 밥만 먹었다. 주방은 후원에 있는데 나지막한 담장으로 둘러싸여 있었다. 한번은 저녁을 먹은 뒤 돌멩이로 담벼락에 박힌 깨진 유리를 깨부순 뒤, 원래 아무렇게나 세워져 있던 나무 사다리를 내 창문 아래로 걸쳐놓았다. 스스로 생각이 치밀하다고 여기고는 있었지만, 이건 그냥 아무 할 일이 없어서 그랬다.

늘 잠을 잤다. 자다가 물리면 자위를 했다. 벽에 붙은 파출소 통지문은 외울 정도였다. 모두 85자에 느낌표 세 개로 작성된 글이었다. 한번은 죽은 쥐 냄새가 코를 찔러 찾아보니, 화장실에서 세탁용 가루비누에 양말이 절어 썩어가고 있었다. 나는 고귀한 동물이 자신의 똥오줌을 혐오하듯 내가 만들어낸 고독을 혐오했다. 나는 극도의 인내심을 발휘하여 얼마 남지 않은 삶을 조직하기 시작했다. 마룻바닥에 물을 뿌린 후 밀대로 밀고 다시 엎드려서 걸레로 닦은 다음, 구두약을 꺼내 꼼꼼히 구두에 문질렀다. 그리고는 걸레를 바짝 잡아당겨 그림자가 보일 정도로 반짝반짝 윤나게 구두를 닦았다.

나는 노동의 기쁨을 느꼈지만, 그것도 잠시일 뿐 곧 맥이 풀렸다. 체내의 거부할 수 없는 명령을 들었다. 나가! 바깥에서는 영원히 막이 내리지 않을 어떤 기념행사가 진행 중인 것 같았다. 폭죽이 펑펑 울렸다. 아직도 모험가에게 남겨둔 애정이 있는 모양이다. 그러나 그 속으로 들어가니, 고작 시멘트 벽돌 위에 또 하나를 쌓고 전봇대 옆에 다른 전봇대를 세우거나 안면이 있는 것 같으면서도 지극히 낯선 얼굴에 또 하나의 얼굴을 더하는 것에 지나지 않았다. 나는 길을 하나하나 가로질러 갔지만, 어떠한 자동차 사고도, 싸움도 마주치지 못했다. 심지어 사소한 말다툼조차 없었다. 가짜 신분증을 내밀기도 조심스럽고 진짜 신분증은 감히 꺼낼 수도 없어 피시방에는 가지 못했다. 멀리서 '영화관'이라고 적힌 글자를 보고 신나게 달려갔지만 폐허만 남아 있었고, 그 자리에서는 십 위안에 세 종류의 내장 요리를 팔고 있었다. 우편물 취급소에도 일간 신문이 없어 누렇게 바랜 『주간 스포츠』와 『주간 올드뉴스』를 사왔다. 한 글자 한 글자 읽다보니 일곱 시간이 걸렸다.

두 번째 외출에서는 희망이 더 빨리 사그라들어 몇 걸음 걷기도 전에 똑같이 거부할 수 없는 명령을 듣게 되었다. 돌아가! 바로 이때, 나는 허씨 노인이 당하는 고통을 그 누구보다 잘 이해하게 되었다. 그는 겨울에는 여름이 그립고 여름에는 겨울이 그리우며, 외출했을 때는 돌아가고 싶고 돌아와서는 외출하고 싶었던 것이다. 그러나 어디에 있든 이 세상은 철옹성이었다. 때문에 이 늙은 홀아비는 뻔질나게 들락거린 결과 스스로에게 가혹한 기율을 적용했던 것이다. 쓸쓸한 외출과 귀가는 이리하여 질서가 잡혔다.

나와 그, 우리 모두는 스스로 감당하지 않으면 안 되는 쓰레기 같다. 우리는 하늘에서 비행기가 멈춰서 줄사다리를 내린 후 우리를 끌고 어떤 충만한 곳으로 데려다주기를 갈망하지 않은 날이 단 하루도 없다. 심지어 그곳이 한 줌의 자유가 없다 해도 상관없다. 그러나 어떠한 기적도 일어나지 않아 우리는 어쩔 수 없이 계속 시간을 견뎌내고 있다.

두 번째 외출에서는 망원경을 샀다. 나는 옥상에 앉아 소도시를 관찰했다. 보이는 것이라곤 고작 주방에서 설거지하거나 침상에 앉아 한 땀 한 땀 신발 밑창을 바느질하는 장면 따위에 지나지 않았다. 잠시 후 커튼이 닫히고 불이 꺼졌다. 나는 갑갑한 방으로 내려와 더 이상 참지 못하고 휴대전화를 끄집어냈다. 내게 마지막으로 남은 재미를 줄 수 있는 물건이다. 도망하던 첫날부터 이놈은 창녀처럼 나를 유혹했다.

나는 꾹 참고 휴대전화를 켜지 않았다.

이튿날 오후엔 인민공원에 갔다. 공원 언덕은 골프장 같았다. 그 사이로 드문드문 숲이 있고, 숲 사이로 열사묘 기념탑의 뾰족한 모서리가 튀어나왔다. 언덕 앞에는 인공 호수가 있는데, 호심 湖心에 만들어진 정자는 대리석 다리로 기슭까지 연결되어 있었다. 기슭에 있는 만인광장에는 수많은 분수 꼭지가 (하프처럼) 세워져 있었다. 광장에서는 약초를 말리고 있었고, 저 멀리에 주차된 농사용 트럭은 뒷바퀴가 빠져 나무 말뚝으로 받쳐놓았다. 나

말고는 공원에 아무도 없었다.

나는 열사묘 계단으로 걸어가 휴대전화에 배터리를 끼운 후 전원을 켰다. 신호가 좋지 않았다. 계단 꼭대기까지 올라서자 간신히 읽지 않은 메시지 하나를 수신했다. 상당히 기대하며 메시지를 열었다. 그러나 스팸 문자였다. '행복거리 부동산 고문 장빈입니다. 부동산 매각은 저와 상담하세요. 제 번호는 다음과 같습니다. 저장해주세요. 감사합니다.'

새소리도 없고 바람도 없었다. 햇빛이 나뭇가지를 뚫고 돌길에 쏟아졌다. 미동도 없었다. 나는 어떤 소설이 떠올랐다. 세상의 냉대를 받게 된 한 작가가 고독히 무덤으로 걸어갔다. 관 뚜껑을 덮으려는 순간 귀를 쫑긋 세우며 주의를 집중했다. 만약 누가 부르면 어떡하지? 그러나 그런 일은 일어나지 않았다. 지금의 내 느낌이 바로 그렇다. 나는 여기 앉아서 경찰을 기다리고 싶었다. 총살당하기 전에 인류를 향해 말할 것도 딱히 없고, 해명할 것도 딱히 없다. 그러다 결국 나는 울면서 도망쳤다. 배터리를 분리한 후 재빨리 열사묘를 내려가 삼륜차 한 대를 잡았다.

멀리 떨어진 산꼭대기에 올라 망원경으로 공원을 살폈다. 호수, 광장, 나뭇가지에 공연히 빛무리만 넘실거렸다. 광장에는 쓰레기를 줍는 사람 하나가 더해졌다. 이후 몇 번을 살펴봐도 그대로였다. 암담해진 시간 속에서 깜빡 졸다가 깨어나 또다시 망원경을 들었다. 그곳에는 차들이 들락거렸고 사람들로 가득 차 있었다. 심지어 그들의 분노마저 또렷이 보일 정도였다. 그들은 눈에 횃불을 밝히고 증오심 가득한 눈빛으로 훑고 다녔다. 손에 든 목봉과 낭아봉狼牙棒 같은 경찰 장비를 휘두르는 꼴이 내가 언제 튀어나와도 바로 때려잡을 태세였다. 경찰견은 혓바닥을 길게 늘어뜨리고 길들여지지 않은 말이 거세게 고삐를 끌듯 앞으로 뛰어나갔다. 경찰들은 개를 부추겨 이리저리 냄새를 맡는 대로 무턱대고 따라 뛰었다.

그들이 밟고 다니며 공원을 다 망쳐놓았다.

나는 몸을 일으켜 산 아래로 내달렸다. 딱딱한 노면이 내 발을 밟아 이가 아래위로 딱딱 부딪쳤고 머리통마저 밟혀 깨질 지경이었다. 나는 산기슭에서 삼륜차를 하나 잡아 다급히 리민 여관으로 가자고 말했다. 차 안에서 돈을 미리 지불했다. 그런데 바로 앞에 도착해서는 계속 가자고 말했다. 여관 입구에 흰색 지프차가 한 대 서 있었다. 그곳에 자동차가 주차된 적은 한 번도 없었다. 기사가 따졌다. "대체 어디까지 가자는 거요?" 나는 대꾸하지 않고 공동변소에 내려 담장 모서리에 숨어들어 여관을 엿보았다. 한참이 지난 후 여관 안에서 비대한 두 사람이 걸어 나왔다. 그 두 사람은 불쾌한 얼굴로 이를 쑤시며 느긋하게 자동차에 올랐다. 그들은 자동차 안에서 창문을 올리고 잠시 에어컨을 켜고 있다가 출발했다. 나는 양쪽에 아무도 없음을 확인한 후 나와서 일직선으로 최대한 빨리 여관으로 돌진했다.

로비에는 아무도 없었다. 선풍기에 장부가 펄럭이는 걸 보니 자리를 비운 지 얼마 되지 않았을 것이다. 계단을 오르고 통로를 돌아 문 입구에 서서 열쇠를 돌려 문을 연 뒤 문을 닫고 자물쇠를 채웠다. 어떠한 소리도 내지 않았다. 휴대전화와 망원경을 여행 가방에 던져넣고, 가방을 맨 뒤 문 쪽으로 걸어갔다. 이때 바깥은 이상할 정도로 고요했다. 무서울 정도로 싸했다. 나는 가만히 서서 움직이지 않았다. 과연 얼마 지나지 않아 계단에서 남성의 발자국 소리가 들려왔다. 한 발자국씩, 별로 다급하지는 않지만 아무 일 없이 오는 건 절대 아니었다. 그는 2층으로 걸어 올라왔다. 어쩌면 3층으로 올라갈지도 모른다. 그러나 그는 2층 입구에서 잠시 멈췄다가 조용히 이쪽을 향해 다가왔다. 어쩌면 옆방 손님일지도 모른다. 발자국이 사라졌다. 어쩌면 옆방 손님일지도 모른다. 나는 자물쇠가 열리기를 기다렸다. 그러나 아무런 움직임이 없었다.

뒤로 물러섰다. 문틈으로 두 뭉치의 그림자가 내려다보였다. 내 바로 앞에 거대한 구두를 신은 남자가 서 있다. 우리는 문을 앞에 두고 서로 마주 보며 서 있다. 나는 숨까지 멎어버린 느낌이었다. 잠시 후 그림자는 공기처럼 아무런 낌새도 없이 사라졌다. 한쪽 옆으로 몸을 숨긴 것이다. 대단한 인내심을 가진 경찰이다.

오래지 않아 아래쪽에서 또 한 사람이 쿵쿵쿵 뛰어 올라오며

저 멀리서 외쳤다. "그렇게 오래 뭐하고 있는 건가?"

"아래에서 지키고 있으라고 했잖아!" 먼저 온 사람이 나지막이 질책했다.

"지키긴 뭘 지켜?" 뒤에 온 사람이 큰 걸음으로 다가와 주먹으로 문을 쾅쾅쾅, 쾅쾅쾅 내리쳤다. 주먹으로 내리칠 때마다 내 심장을 갈기는 것 같았다. "아무도 없구먼." 그는 나무라듯 말했다. 그러나 먼저 온 사람이 일깨워주었다. "없긴 뭐가 없어? 열쇠 열려 있었던 거 못 봤어?"

"너 이 자식 안 튀어나올래?" 성질 급한 그 사람이 문을 발로 차기 시작했다. 마치 문을 발로 밀어 넘길 태세였다. 자물쇠에 박힌 나사 하나가 곧 느슨해지기 시작했다. 나는 초조하게 왔다 갔다 하기 시작했다. 어디에서도 숨이 막혀 폭발할 것 같았다. 그러다 창문을 열었다. 거친 숨을 몰아쉬며 확인해보니 정원에는 아무도 없었다. 햇빛이 지면의 흙을 알갱이 하나까지 또렷이 비추고 있었다.

나는 여행 가방을 메고 창문에 올라 뒤로 돌아서 창틀을 붙잡은 뒤 나무 사다리에 올랐다. 빨리 내려가고 싶었지만, 항상 위쪽으로만 힘을 쓰다보니 발이 따라주지 않았다. 어쩌면 그들이 아래에서 기다리고 있을지도 모른다. 그러나 아무도 없었다. 나는 여행 가방을 바깥으로 던진 후 재빨리 담장을 뛰어넘었다. 담장 중간에서 뒤를 돌아보니, 송아지처럼 휘둥그레 놀란 눈이 나를 쳐다보고 있었다. 주방장이었다. 두 손을 아래로 늘어뜨리고 입을 뻐끔뻐끔했다. 이 말더듬이는 분명 뭔가 말을 엮으려 하고 있었다. 위층에서 문이 부서지는 소리가 들려왔다. 나는 쉿! 한 뒤, 주머니를 뒤적였다. 그는 더욱 긴장했다. 나는 뛰어내려 주머니에 있던 이백 위안을 묻지도 따지지도 않고 그의 손에 찔러 주었다. 그는 뭔가 두려운 걸 보기라도 한 듯 가만히 고개를 저었다. 나는 땀으로 축축한 그의 손을 움켜잡으며 돈을 꽉 쥐게 했다. 그런 다음 자기 힘으로 걸을 때까지 그를 밀었다. 그는 말 없이 울 것 같은 표정으로 주방으로 걸어 들어갔다.

나는 세 걸음 만에 낮은 담장을 뛰어넘었다. 가방을 주워 등에 멘 뒤, 쑥 덤불 속으로 뛰어들어갔다.

도망 3

나는 시간의 최전선으로 도망쳤다.
과거에, 시간은 정체되어 있었다. 과거는 현재였고,
현재는 미래였다. 어제, 오늘, 내일이
하나의 모호한 전체를 직조하여, 그 경계가 끝이 없었다.

자동차 불빛이 손오공의 여의봉처럼 하늘을 휩쓸고 지나갔고
셰퍼드의 울음소리에 뒤이어 교외의 모든 개들이 따라 짖었다.
잠시 후, 하늘 아래로 적막이 흘러 청개구리 울음소리만 남았다.
나는 오리 양식장의 슬레이트 지붕 뒤에서 밤새 웅크리고 있다
가 아무도 없는 걸 확인한 뒤 일어섰다.
　멀리 소도시의 불빛이 보였다. 나는 산기슭을 따라 걸었다. 어
쩌다 길이 없으면 국도로 나왔다가 다시 산기슭으로 되돌아갔
다. 길을 잃은 것 같았다. 한참을 걸어서 물가에 다다랐다. 졸졸

물 흐르는 소리가 마음을 평온하게 해주었다. 기름통으로 만든 배를 풀어 힘겹게 아래로 저어 갔다. 진이 다 빠졌는데, 알고 보니 사실 노를 저을 필요가 없는 것이었다. 나는 한 덩이 검은 그림자처럼 어둠 속을 표류하여 우주 깊은 곳까지 흘러갔다.

하늘이 어슴푸레 밝아올 무렵 강조江潮를 만났다. 하얀 거품을 뿜으며 밀물이 밀려왔다. 그것은 수영 선수가 두 팔을 아래로 펼쳐 물살을 헤치며 헤엄치는 듯했다. 첫배의 비린내가 풍겨왔다. 아침을 먹고 정신을 차려보니 모든 게 보충된 느낌이 들었다. 뱃고동 소리가 들리자 나는 표를 샀다. 뱃고동 소리는 정말 듣기 좋다. 마치 거인이 강 한가운데에 서서 숨을 깊게 들이쉬었다가 비강으로 신음을 뱉어내는 것 같았다. 나는 갑판에 서서 기다렸다. 파도가 선체에 부딪치고 내 얼굴에 튈 때까지 서 있었다. 그러나 결국 졸음을 참을 수 없었다. 나는 「토비소탕전烏籠山剿匪記」이라는 드라마에서 도망치던 토비를 떠올리며, 담뱃불을 붙인 후 잠에 빠졌다. 이렇게 하면 담뱃불이 손가락으로 타들어올 무렵 잠을 깰 수 있다.

깨어났을 때 손에는 아무것도 없었다. 분명 깊이 잠든 사이, 잠결에 담배를 놓친 것이리라. 가방은 여전히 나와 벽 사이에 끼어 있었다. 승객들도 마찬가지로 아무렇게나 나뒹굴고 있었다. 높이 뜬 태양은 용광로처럼 우리를 달구었다. 온몸에서 기름이 줄줄 배어나와 썩은 내가 났다.

배가 이끄는 대로 생선 비린내로 가득 찬 한 도시에 이르렀다. 가짜 신분증을 사용해 대실로 여관을 잡았다. 제 집에 돌아온 것처럼 신발도 벗지 않고 침대에 엎어져 곯아떨어졌다. 깨어났을 때는 이미 어두워져 있었다. 한 서른여섯 시간은 잠든 것 같은데, 계산해보니 네 시간밖에 지나지 않았다. 나는 대학가로 가서 단기 임대를 찾았다. 대학생들에게 무허가로 세를 주는 일조방日租房이 여관보다 안전하다고 판단했다.

어느 날 나는 예전과 비슷한 티셔츠와 반바지 그리고 커다란 등산 모자를 산 뒤 불법 택시를 타고 창장강 대교를 건너 이웃한 다른 성省으로 갔다. 나는 파출소 부근에 차를 멈추게 한 뒤 혼자 걸어 들어가 휴대전화를 켰다. 증명서 발급 창구의 여경은 말없이 도장만 찍고 있었다. 나는 고개를 숙여 휴대전화를 확인하며 물었다. "여기 몇 시까지 근무하세요?"

"다섯 시까집니다." 그녀는 고개도 들지 않고 대답했다.

나는 휴대전화를 끈 뒤, 길가의 택시 승강장으로 걸어가 대기하고 있던 불법 택시를 타고 번개처럼 신속하게 대교 건너편으로 돌아왔다. 휴대전화에는 스무 개의 읽지 않은 메시지가 있었다. 모두 엄마가 보낸 것으로 문구는 똑같았다. '아들아, 어서 돌아와서 자수해라.' 분명히 경찰의 심리전인 줄은 알지만, 그래도 분노가 치밀었다. 다른 사람이 자기 휴대전화를 압수해 사용하는 걸 거부할 수도 있잖아. 어떻게 자신의 유일한 혈육을 배반할 수 있나. 그러고도 무슨 엄마란 말인가. 다른 사람이 강요한 게 아니라 엄마가 스스로 생각해냈을 수도 있겠다는 생각마저 들었다. 아마도 엄마는 피살자와 사회에 고개를 들 수 없어 다른 사람에게 문자를 찍어달라고 부탁했을 것이다. 엄마는 그런 사람이다.

나는 표를 끊어 송신탑에 올랐다. 직통 엘리베이터를 타고 올라가면서 강 건너편의 작은 도시에 켜진 네온사인과 흐르는 물처럼 하나씩 이동하는 자동차 헤드라이트를 볼 수 있었다. 그러나 구체적인 세부는 망원경으로도 똑똑히 보이지 않았다. 아마도 그들은 줄곧 강 건너편에서 나를 찾고 있을 것이다. 그러다 피곤해져서 고개를 들어 이쪽의 송신탑을 바라보면 내가 건너편에 있다는 걸 알아차릴 수도 있을 것이다. 그러나 업무 처리의 거리는 강 양쪽의 거리보다 훨씬 멀다. 그들은 현 당국, 시 당국, 성 당국에 보고한 뒤, 성 본청에서 경찰 본부에 연락해 이쪽 성 본청과 시 당국, 기층 경찰 조직에 협조 요청을 해야 한다. 어쩌면 너무 번거롭다고 여겨 차라리 해당 사건의 관할 경찰이 오기를 기다릴지도 모르겠다. 이러니저러니 해도 결국 사건은 우리 성에서 일어난 것이다.

배를 타고 아래쪽 지역으로 갈까 생각하다가 그들이 오지도 않는데 뭣 때문에 도망치나 싶어 그대로 며칠을 더 묵었다.

이곳에서 한 아이를 알게 되었다. 열두어 살 먹은 비쩍 마른 녀석인데, 항상 헐렁한 녹색 군복을 입고 있었다. 당시 나는 숙소에서 멀지 않은 곳에서 물만두를 먹고 있었다. 그는 (곧 죽을 것 같은) 초조한 표정으로 뺨을 아래위로 흔들면서 바람같이 달려갔다가 다시 달려왔다. 내가 무슨 일인가 해서 일어서니, 녀석이 등 뒤의 울타리 틈으로 기어들었다. 이어서 피부가 검고 흉악한 얼굴을 한 청년 서넛이 뛰어갔다. 어깨에는 지저분하게 커다란 용 문신이 새겨져 있고 손에는 칼을 들고 있었다.

내 소매를 부여잡은 손의 떨림이 느껴졌다. 그러나 일이 분이 지나자 그는 벌떡 일어나 당당하게 내 맞은편에 앉았다. 나는 계속해서 남은 물만두를 먹었지만, 마음은 안절부절 불안했다. 그런데 녀석은 마치 엄마가 품 안의 아이를 바라보듯, 혹은 시골 아이가 도시의 잘나가는 사촌형을 바라보듯 친밀한 눈빛으로 나를 바라보고 있었다. 나는 말했다. "너 왜 안 가니?"

"내가 맞춰볼게요. 여기 사람 아니죠." 녀석은 웃으며 다가앉아 깨끗하게 드라이한 내 하얀 와이셔츠를 쓰다듬었다. "옷감이 정말 좋네요." 혐오감이 들어 계산을 한 뒤 나서는데 녀석이 따라왔다. 내가 말했다. "너네 집으로 돌아가." 그는 더 크게 웃었다. 나는 힘을 주어 말했다. "나는 볼일이 있으니 따라오지 마라." 그랬더니 녀석은 원래 자리에 멈춰 섰다. 나는 숙소 반대 방향을 향해 걸어갔다. 그런데 또 생각이 났다. 모르던 인연을 우연히 만났다. 고아일 수도 있다. 호형호제하면서 하인처럼 부릴 수도 있었다. 그러나 나는 녀석을 쫓아냈다.

이튿날 언제나처럼 물만두를 먹고 있는데 녀석이 나타났다. 우리 둘 다 그러려니 받아들였다. 녀석이 말했다. "처음부터 여기 올 줄 알고 있었어요." 그러고는 묵묵히 내가 먹는 모습을 지켜봤다. 나는 고개를 들어 거리 양쪽을 훑어본 뒤 녀석에게도 한 그릇 주문해줬다. 그러나 예상과 달리 녀석은 여전히 아무 말 없이 내가 먹는 모습을 지켜보고 있었다. 마치 내가 먹는 방식이 현지인과 달라서 자랑할 만한 일이라도 되는 것 같았다.

다 먹고 나니 녀석이 어디 가느냐고 물었다. 순간 나는 말문이 막혔는데, 녀석은 나를 데리고 무턱대고 달렸다. 악마처럼 귀여운 녀석이었다. 나를 끌고 장난감 거리로 가더니 몇 번이고 물총을 쓰다듬으며 눈이 빠져라 나를 바라보았다. 그냥 가려고 해도 녀석은 나를 잡아끌었다. 그러면서도 미안한 모양인지 허리를 배배 꼬며 내가 지갑을 열 때까지 애교를 떨었다. 우리는 네다섯 가지 물건을 산 뒤 오락실에 갔다. 녀석은 비행기 격추 게임을 했다. 오른손으로 바쁘게 조종간을 움직이며 왼손으로 거세게 내리쳤다. 시작부터 끝까지 눈도 한 번 깜빡이지 않았다. 나는 몇 판 만에 죽어버렸다. 나가자고 해도 녀석은 거들떠보지도 않았다. 몇 번 강하게 말하고서야 타타탁 하며 아껴둔 폭탄을 모두 터뜨린 후 아쉬워하면서 일어섰다.

거리로 나오니 여럿이서 공고판을 둘러싸고 있었다. 우리도 보러 갔다. 거기에는 새로운 지명수배령이 붙어 있었다. 주인공은 우락부락하고 눈매가 처진 중년 남성으로, 열일곱 명을 죽였다. 한쪽 모퉁이에 조금 작은 크기의 수배령이 조연처럼 붙어 있었는데, 그 청년은 한 명만 죽였다. 그러나 그 청년이 더 강하게 사람들의 증오를 불러일으켰다. 그는 헝클어진 머리칼과 덥수룩한 수염, 지저분한 티셔츠를 입은 채 뺨을 꽉 깨물며 머리를 치켜들어 도발하는 차가운 눈빛으로 모든 사람을 노려보고 있었다. 이십여 일 만에 처음으로 자기 모습을 보게 된 순간이었다. '도주할 때 쪼리와 반바지를 걸친' 나에게는 오만 위안의 현상금이 걸렸다.

아이는 사물들 간의 신비한 연관을 발견하기라도 한 듯 흥분하며 말했다. "형이랑 닮았네." 나는 녀석의 뒤통수를 툭툭 치면서 그곳을 떠났다. 우리는 밥을 먹고 헤어졌다. 나는 내 쪽 방향으로 몇십 발짝 가다가 되돌아 어둠 속에서 녀석을 미행했다. 녀석은 마치 어떤 일을 골똘히 생각하는 듯이 발걸음을 옮기다 아무 거리낌 없이 웃기 시작했다. 그러다 어떤 흙 비탈에 이르자 도랑으로 뛰어들어 구멍이 숭숭 뚫린 창문으로 기어들어갔다. 그 비탈은 막다른 길이었는데, 청벽돌 건물 높이까지 양쪽으로 쑥이 길게 자라 있었다. 때문에 나는 힘들이지 않고 지붕으로 기어올라 기와를 살짝 젖혀 몇 센티미터 되는 틈으로 방 안을 엿보

왔다.

한 쇠약한 늙은이가 팔걸이의자에 앉아 찬물이 가득 담긴 통에 발을 뻗고 있었다. 눈을 감은 채 라디오를 귓가로 가져가 천천히 채널을 조정했다가 안테나를 빼보곤 했다. 고양이 한 마리가 탁자에 조용히 누워 있었다. 아이가 들어가니 고양이는 다른 곳으로 풀쩍 뛰어가 다시 누웠다. 아이는 아무 소리도 내지 않았지만 동작은 전연 거침이 없었다. 손을 허리춤에 찌른 채 큰 걸음으로 왔다 갔다 하다 뭔가 고민스러운 듯 머리를 톡톡 치곤 했다.

아이는 찬장을 뒤져 작은 가죽 상자를 꺼내더니 불빛이 밝은 탁자로 옮겨 얇은 철사를 놀리기 시작했다. 녀석은 나와 똑같이 머리를 한쪽으로 기울이며 열쇠 구멍 속의 미세한 소리에 귀를 기울였다. 바닥에 커다란 그림자가 만들어졌다. 잠시 후 녀석은 주방에 들어가 기름을 한 숟가락 가져와 열쇠 구멍에 조금씩 부은 후 다시 철사를 집어넣었다. 얼마 지나지 않아 찰칵 하는 소리와 함께 자물쇠가 열렸다. 녀석은 늙은이에게는 눈길도 주지 않은 채 내가 있는 쪽을 긴장한 듯 쳐다보았다. 나는 섬뜩해져 머리를 쑥 집어넣었다. 그런데 생각해보니 만약 녀석이 나를 봤다면 이미 늦은 셈이라 계속 보기로 했다. 녀석은 가죽끈으로 묶인 비닐봉지에서 잔돈을 한 움큼 집더니 침을 묻혀가며 즐겁게 세고 있었다. 그런 다음 의자를 밟고 창문을 통해 밖으로 나가려는 모양새를 취했다. 나는 몸을 웅크리며 녀석이 흙 비탈 아래로 걸어 나와 어둠으로 사라지기를 기다렸다.

그런데 녀석은 창문에서 뒤로 물러섰다. 고양이는 아이와 아주 낯익은 친구인 듯했다. 녀석은 고양이를 잡아서 품에 안고 가볍게 쓰다듬었다. 그러다 주머니에서 뭔가를 꺼냈다. 먹을거리를 뒤적이는 모양이었다. 고양이는 실눈을 뜨고 사람처럼 크게 하품을 했다. 그런데 녀석이 꺼낸 것은 얇은 끈이었다. 그는 낄낄거리며 고양이 목에 끈을 휘감은 뒤 양쪽 끝을 잡고 갑자기 힘껏 반대 방향으로 잡아당겼다. 고양이는 순간 입을 벌렸지만 아무리 울어봐도 탁한 탄식만 흐릿하게 새어 나왔다. 철저하게 죽이기 위해 녀석은 이를 앙다물며 몸을 일으켰다. 고양이 몸도 똑바로 세워졌다. 땅바닥에 발을 대려고 쉬지 않고 뒷발로 발버둥 쳤고, 눈앞 허공에 쥐잡이 하는 것처럼 앞발로 미친 듯이 뭔가를 부여잡으려 했다. 온몸의 털이 곤두서 있었다. 지칠 대로 지친 녀석이 손을 푸니 고양이가 나무처럼 뻣뻣하게 곤두박질쳤다.

녀석은 너무 많은 땀을 쏟아냈다. 그러나 그대로 조심스럽게 노인의 무릎에 고양이를 올려놓았다. 녀석은 창문으로 기어올라 잰걸음으로 도랑을 떠났다. 나는 토하고 싶었다. 노인은 좋은 곡이 연주되자 가볍게 고양이 털을 쓰다듬곤 했다. 마치 그것을 함께 나눌 만한 지기라고 생각하는 것 같았다.

이 도시를 떠나기로 결심했다. 이튿날 아침을 먹으려고 숙소에서 나오는데, 마침 아이가 걸어오고 있었다. 나는 깜짝 놀랐다. "너 여길 어떻게 알아?"

"첫날부터 따라다녔으니까." 이 사실을 말하면서도 녀석은 여전히 웃고 있었다. 나는 속이 뒤집어지면서 모골이 송연해졌다. 나는 보증금도 포기하고 가방만 들고 튀기로 결심했다. 녀석은 내 소매를 잡고 늘어졌다. "형이 가고 나면 아무도 나랑 안 놀아줘. 형은 착한데 다른 사람들은 날 안 도와주잖아." 나는 녀석을 떨쳐냈지만 더 힘껏 붙잡고 늘어졌다. 얼굴에는 동시에 두 가지 표정이 떠올랐다. 정말로 울 것 같으면서도 잘 보여야겠다는 웃음이 공존하고 있었다. 나는 녀석을 때렸다. 아이는 너무나 비통해하며 손을 풀었다. "형이 조만간 떠날 거라는 건 알고 있었어." 나는 연인처럼 달콤한 이 말에 속아 멍하니 녀석이 남긴 그림자만 바라보았다.

대문 밖으로 사라지기 전 나는 고함을 질렀다. 녀석도 몸을 돌리며 외쳤다. 내가 먼저 말하라는 제스처를 취하니 녀석은 이렇게 말했다. "형, 나 봐둔 물건이 하나 있어."

"얼만데?"

"돈은 있어. 어제 몇십 위안 슬쩍했거든."

"나는 상관 말고 니가 알아서 사면 되겠네."

"사서 형한테 주고 싶어. 텔레비전에서 보니까 형 같은 사람

들은 다 넥타이를 매데. 형이 빨간색 좋아하는지 물어보고 싶었
어."

"필요 없어."

"꼭 주고 싶어. 우선 가지 말고 있어."

녀석은 나를 바라보며 혹시 내가 가버릴까봐 뒷걸음쳤다. 그
런 다음 뒤돌아 뛰었다. 방에 들어가 가방을 들고 나오니 벌써
녀석은 보이지 않았다. 몇십 미터쯤 걸어가 나무 그늘에 몸을 숨
긴 후 모처럼의 귀한 의리를 떠올리며 망원경을 꺼내 녀석을 찾
아보았다. 망원경 너머로 오가는 사람들을 움직이는 스크린처럼
이리저리 훑고 지나갔지만, 아무리 봐도 녀석은 찾을 수 없었다.
이제 막 접으려는데, 녀석이 총총걸음으로 렌즈 속으로 뛰어들
어왔다. 그 뒤를 따르는 것은 세 명의 커다란 경찰이었다. 그들
은 신호등을 기다리고 있었다. 녀석은 발돋움한 채 손으로 더러
운 군복을 비비며 고개를 들어 그들과 이야기를 나눴다. 부끄러
운 줄도 모르고. 나는 그 자리에 얼어붙었다. 손이 쉬지 않고 떨
려왔고, 굶주린 쥐떼가 쥐구멍을 박차고 나오듯 땀이 쏟아졌다.
녀석이 커다란 목소리로 해명해가며 손가락으로 내가 있는 쪽을
가리키는 모습을 나는 뚫어져라 지켜봤다. 나는 늪처럼 깊은, 극
도의 충격에 허우적대고 있었다. 마치 신이 나에게 저주를 건 것
만 같았다. 경찰 한 명이 검지로 뺨을 톡톡 치며 내 쪽을 바라보
다 갑자기 손을 크게 휘둘렀다. 다른 두 경찰은 양쪽으로 갈라

지며 포위해 들어오고, 그 자신은 일직선으로 성큼 유성처럼 돌진해왔다. 이때가 되어서야, 나를 체포하러 온다는 사실이 분명해지기 시작된 후에야, 비로소 나는 망원경을 집어넣고 가방을 메고 벨트를 조인 뒤 죽어라 도망쳐야 함을 깨달았다. 발을 땅에 디딜 때 디디는 힘이 충분하지 않은 것 같았고, 발을 들어 올릴 때는 또 너무나 무겁게 느껴졌다. 마치 솜을 밟는 듯, 깊은 물속을 허우적대는 것 같았다. 나는 달리는 것만을 목표로 삼았다. 뒤에서 경찰의 목소리가 들려왔다. "거기 서, 서라고." 숨소리가 망가지고 쇠약해졌지만 오히려 신나게 달렸다. 나는 올림픽 100미터 결선에 참가한 듯 발을 스프링처럼 굴렸다. 두 손은 쉬지 않고 공기를 가르고 머리를 까딱까딱하며 머리로 공기를 헤쳐 나갔다. 길 가던 사람들이 멈춰 서서 멍하니 나를 바라보았다. 아마 그들의 얼굴로 바람이 훅 지나갔을 것이다. 경찰은 몇십 걸음 추격하다가 숨이 차자 가까스로 호흡을 짜내며 외쳤다. "안 서면 발포한다." 발포해라. 이때의 나는 이미 물아일체가 되어 도주 자체를 위해 도주하고 있었다.

나는 시간의 최전선으로 도망쳤다. 과거에, 시간은 정체되어 있었다. 과거는 현재였고, 현재는 미래였다. 어제, 오늘, 내일이 하나의 모호한 전체를 직조하여, 그 경계가 끝이 없었다. 이제 시간은 쏜살같이 앞으로 이동하며 격발된 하나의 점이 되었다. 그것은 빛나고 민첩하며 두려움이 없었다. 지독한 햇빛처럼 맹렬하게 모든 도래하는 미래에 파고들어 숯검정처럼 새카만 과거로 불살랐다. 나는 가루가 될 때까지 뛰기로 결심했다. 그것은 소 한 마리를 통으로 압축한 작은 육포처럼, 하늘 아래 허공에 멈춘 땀방울을 모두 포함하고 있는 것처럼, 꽉 차 있으면서도 단순한, 팽팽하게 감기는 맛이었다.

불법 택시 한 대가 나타나 환영을 깨부수었다. 자동차가 가진 흠이라는 흠은 다 가지고 있는 차였다. 털털 소리를 내면서 당장 주저앉아 도로에 육중한 상처를 남겨도 이상하지 않을 만큼 낡았다. 그러나 무에서 유가 되고, 저 멀리에서 나를 칠 것 같은 거리로 접근하는 데 고작 육칠 초밖에 걸리지 않았다. 나는 어쩔 수 없이 좁은 골목으로 뛰어들어갔다. 이 세상에 쓸데없이 남 일에 참견하는 사람은 언제나 차고 넘친다. 이제 오토바이 몇 대가 또 나를 쫓아 골목으로 들어왔다. 원래 불법 택시들은 경찰이라고 하면 이를 부득부득 가는 양반들인데 지금은 그저 함께하여 영광스럽다는 호기를 뿜어낸다. 정말이지 비천하기 이를 데 없는 불법 택시들 같으니! 그들 때문에 나는 어쩔 수 없이 석탄 광주리, 맥주병, 낡은 의자, 심지어는 아이가 앉아 있을지도 모를 유모차까지도 끊임없이 집어던져야만 했다. 내가 몇 발짝씩 뛰어갈 때마다 나무 문이 열렸다. 그들은 부드럽고 애타는 눈빛으로 나를 바라보며, 나에게 옷상자, 쥐구멍, 땅굴 따위를 제공하겠다며 제발 들어가달라고 간청했다. 그러나 기차에서 꾸었던 무서운 악몽 이후 다시는 그것들을 믿지 않게 되었다.

차라리 길에서 죽겠다.

강건한 이 오전 내내 나는 미로 같은 골목을 내달렸다. 사방이 적막했고, 햇빛이 조용히 지붕을 넘어 담벼락을 비췄다. 내 그림 자가 쉬지 않고 그곳을 스쳐 지나갔다. 영화처럼 비현실적인 장면이었다. 때로 나는 (현대 기계의 걸작인) 그 오토바이들이 풀쩍 날아올라 땅에 거대한 발굽을 떨치며 발톱과 이빨로 엉덩이를 사납게 할퀼 것 같은 느낌이 들었다.

나는 갑자기 멈춰 섰다. 하늘의 계시를 받은 듯 멈추어 천천히 모서리 으슥한 곳으로 걸어갔다. 오토바이 한 대가 저 멀리서 선두로 오고 있었다. 야무지게 생긴 경찰 하나가 타고 있었다. 그는 위태로운 좁은 돌길을 고속도로 질주하듯 달렸다. 그의 뒤를 따른 것은 사이렌 소리였다. 나는 그가 회오리바람처럼 지나가려는 순간 튀어나와 그를 밀어 넘겼다. 오토바이는 목 잘린 용처럼 거꾸러져 비스듬히 담장을 들이받으며 십여 개의 벽돌을 집어삼킨 후에야 멈췄다. 오토바이의 몸체는 180도로 빙글 돌았다. 가련한 그 경찰은 시멘트 포대처럼 내동댕이쳐져 담장 모퉁이에 드러누웠다. 그 위를 들이받고 찍어대다 이제 재미없어 졌다는 듯 오토바이는 조용히 미끄러져갔다. 경찰은 자리에 앉아 먼지를 몇 차례 털고 나서 일어나려다 갑자기 눈이 뒤집어지며 다시 주저앉았다. 하늘에서 물 한 방울이 떨어져 그의 눈앞에서 부서졌다. 그는 눈을 감은 채 보는 사람 애가 타도록 가슴을 들썩였다. 주민 몇이 다급히 밖으로 나왔다. 나는 그들에게 말했다. "어떤 사람이 저쪽으로 뛰어갔어요. 빨리요."

나는 빠른 걸음으로 잠시 걷다가 자물쇠를 안 채운 자전거를 발견하고는 재빨리 올라타 채소 시장으로 돌진했다. 인파에 묻혔다가 바로 옆에 있는 잡화 시장으로 숨어 들어갔다. 거기서 택시 한 대를 발견하여 문을 열고 뒷자리에 올라탔다. 어디 가시느냐는 기사의 물음에 나는 잠시 기다려달라, 올 사람이 있다고 대답했다. 나는 휴대전화를 켜서 살그머니 좌석 사이의 틈새에 밀어넣은 뒤 구실을 찾아 택시에서 내렸다. 택시가 방향을 틀어 사라지는 걸 끝까지 확인한 후 뒤쪽 담벼락의 개구멍을 통해 기차역 화물 터미널로 갔다.

철도 레일 옆의 좁은 길을 따라 기차역 반대 방향으로 걸었다. 그들은 분명 모든 주요 교통망을 봉쇄했을 테지만 철도 레일을 막지는 않을 것이다. 그들은 도주범이 레일을 따라 묵묵히 도시를 떠날 거라곤 상상하지 못할 것이다. 그에 앞서 그들은 생사가 불확실한 동료를 앞에 놓고 멍청한 질문을 던지고 있을 것이다. 구조가 우선인가, 아니면 체포가 우선인가?

나는 훌쩍 성장한 느낌이 들었다.

종결

언제라도 죽을 수 있으니 그 전에
반드시 그녀를 만나야 했다.

도주는 숨바꼭질 같다. 내가 똑똑 문을 두드린 뒤 도망치면,
그들이 뛰쳐나와 사방으로 흩어져 찾아다니다 수치심에 부아가
치밀어 들판에 서 있곤 했다. 나는 도망치다 신발 한 짝을 잃어
버렸다. 어느 날 T시의 경계석 앞에 서서 나는 어안이 벙벙해졌
다. 살인 당일 내가 기차를 타고 오려고 계획했던 목적지였기 때
문이다. 이곳에 사촌누나가 살고 있다. 그냥 무턱대고 달려왔다
고 생각했는데, 무의식이 나를 이곳으로 이끌었던 것이다. 나는
억누를 수 없는 피곤함을 느끼며 종일 밭을 간 황소처럼 해 질
무렵의 어슴푸레한 마을을 바라보았다.

차를 잡아타고 교외로 나가 숲이 우거진 산을 올랐다. 저 멀

리 평지가 내려다보였다. 그 사이를 구불구불한 도로가 뚫고 지나갔고 간혹 자동차들이 유령처럼 솟아났다. 길 서쪽에는 외로이 집 한 채가 서 있었다. 사촌누나가 시집올 때는 1층집이었는데, 지금은 한 층 높였다. 그러나 타일로 외벽을 장식하지는 않았다. 시커먼 벽돌과 반짝이는 알루미늄 합금 창문이 대조를 이루고 있었다. 길가의 나무 그늘에 있는 원두막에는 웃통을 벗어젖힌 장정 서넛이 포커를 치고 있었다. 아마도 사복 경찰일 것이다. 첫째, 그들은 건물에서 전선을 끌어와 전기 선풍기를 쓰고 있었다. 둘째, 그들은 등 부위가 발그스름하고 야들야들했다.

집 대문은 닫혀 있고 아무도 없는 것 같았는데, 정오가 되니 밥 짓는 연기가 피어올랐다. 벌레 몇 마리가 태엽을 꽉 조인 장난감처럼 울기 시작했다. 나는 격리된 듯한 고통을 느꼈다. 대들보에 목매단 것처럼 입술을 딱 붙인 채 아무 내막을 모르는 가족들이 탁자에 둘러앉아 밥 먹고 이야기하는 모습을 지켜봤다.

언제라도 죽을 수 있으니, 그 전에 반드시 그녀를 만나야 했다.

여러 해 전 누나의 결혼식을 보기 위해 여기 왔을 때다. 그녀는 언제나처럼 여전했다. 가슴에 두 개의 덜 익은 배를 키우고 있었고 비쩍 말라서 다리가 유난히 길어 보였다. 누나는 더 이상 배웅할 수 없는 곳까지 우리를 따라와서야 마지못해 되돌아갔다. 좀 멀어지는가 싶더니 또 돌아보며 멈춰 섰다. 눈물을 글썽이며 손을 천천히 흔들다 마지막에는 공중에 멈춰 있었다. 이것으로 이별이라는 의미인 듯했다. 아빠가 죽었을 때 누나는 딱 한 번 돌아왔다. 고모를 부축한 채였다. 고모가 걸린 암은 아빠의 암보다 더 위중한 것이었다. 그러나 생명력이 더 강했다. 백발이 성성했지만 안색은 의연하여, 열사처럼 조금도 굴복하지 않았다. 사촌누나의 눈은 울어서 퉁퉁 부어 있었다.

나는 장례식 때 억지로 무대에 오르게 된 것처럼 어찌할 바를 몰랐다. 울어야 한다는 건 알고 있었지만 눈물이 바짝 말라버렸다. 삼촌이나 엄마도 마찬가지였다. 삼촌은 관 옆에 앉아 줄담배만 피워댔다.(나중에는 끊었다. 아마 아빠가 담배로 암에 걸렸기 때문인 듯했다.) 엄마는 무거운 발걸음으로 머뭇거리기만 했다. 집안 아낙들은 원래 곡을 시작했다가 엄마의 이런 모습을 보고 울기도 멋쩍어졌다. 장례식은 어쩔 수 없이 완수해야 하는 임무인 것 같았다. 그러다 사촌누나가 커다란 몸집의 고모를 부축하여, 드문드문 폭죽 소리 사이로, 상여꾼들을 이끌고 다리를 건너올 때, 나는 갑자기 하늘이 무너진 듯 눈물을 쏟아내기 시작했다.

우리 연약한 핏줄을 가진 또 다른 무리가 다리 저편에서 건너오는 것이 보였다. 아빠가 죽었다. 나에게 하나 있는 아빠가 죽었다. 사촌누나는 소리 없이 눈물을 훔치며 내 머리를 팔로 끌어안고 나를 보호해주었다. 그때부터 이 하늘, 이 땅, 이 사람들, 이 컴컴한 밤은 나를 위협하지 않았다. 누나는 언제나 근심스러운 표정으로 나를 바라보았다. 마치 그녀야말로 엄마인 것 같았다. 그렇게 나를 바라보며 내가 앞으로 고아나 마찬가지가 되었다는 것에 생각이 미치자 또다시 눈물을 쏟아냈다.

지금 나는 그저 그녀를 한번 보고 싶다.

원두막에 있던 사람들이 선풍기를 끄고 봉고차를 타고 떠날 때까지 기다렸다가 산을 내려왔다. 산기슭에 이르니 마침 고개를 숙인 채 풀 한 단을 안고 있는 사촌누나가 보였다. 나를 등지고 허리를 숙인 채 작두로 여물을 썰고 있었다. 집 양쪽으로 잡초가 길게 자라 있었고, 길가의 수확을 끝낸 논에는 벌레들이 쟁기질한 진흙 위를 뛰어다녔다. 바람이 불어오니 반짝이던 나뭇잎이 사르르 떨렸다. 간담이 서늘할 정도로 적막했다. 사촌누나는 일이 아주 손에 익어 있었다. 착 하는 소리와 함께 일정한 크기의 여물 한 줌이 소리 없이 광주리 안으로 떨어졌고, 바로 이어서 또 착 하는 소리가 들렸다. 누나는 완전히 그 리듬 속에 빠져 있었다.

나는 모래땅을 밟는 자신의 주저하는 발자국 소리를 들었다.

누나가 미끼임을 직감했다. 그 순간 만물이 예감한 듯 토끼 눈을 뜨고 나를 바라보고 있었다. 마치 내가 한 발짝씩 주머니 속으로 걸어 들어가는 것 같았다. 나는 반쯤 가다가 오도 가도 못한 채 등에서 식은땀만 흘리고 있었다. 이때 누나가 뭔가를 예감한 듯 작두질을 멈추고 천천히 몸을 돌렸다. "누구?" 이렇게 물어보려다 갑자기 깜짝 놀랐다. 그녀는 입을 크게 벌리고 고함을 지르려 했지만, 악몽을 꿀 때처럼, 아무리 세게 외쳐도 아무런 소리가 나오지 않았다. 그녀는 부들부들 떨며 탁자 옆으로 뒷걸음쳐 풀을 한 줌 쥐었다.

그녀가 무기라고 생각하고 부드러운 풀을 휘두르는 모습을 바라보았다. 우스꽝스럽기만 한 이 행동은 그러나 세상 그 어떤 것보다 더 사람을 아프게 할퀴었다. 나는 두 손을 뻗으며 다섯 손가락을 쫙 폈다. 발은 여전히 앞으로 걸어가는 자세를 취했지만 화석처럼 굳어 있었다. 일이 이렇게 될 거라고는 생각도 못했다. 그러나 나는 곧 이해하게 되었다. 모든 게 이해되었다. 여기에 빠져 자신이 사랑받고 있었다는 착각을 들키고 싶지 않았다. 그래서 나는 성가시다는 듯 손을 흔들며 말했다. "그냥 물이나 한 모금 얻어먹으러 왔어."

물만 마시고 가자.

궁지에 빠진 그녀는 얼어붙은 채 아무 반응이 없었다. 태양이 작열하여 그녀 얼굴의 주름과 저질 화장품 자국을 알알이 비추었다. 가슴은 (두 개의 쟁반처럼) 편편했고, 청바지는 더 이상 골반을 감싸지 못해 언제라도 바지가 터질 것 같았다. 바지 밑단이 짧아 시커먼 정강이와 복사뼈가 드러났다. 그녀에게서 중년의 아줌마처럼 쉰내가 났다. 나는 말했다. "물 한 모금만 마시고 갈게. 절대 귀찮게 하지 않을 거야."

그녀는 주위를 둘러보며 입술을 들썩였다. 처음에는 무서워서 그런 줄 알았는데, 한참 만에 뭔가 말을 하고 있는 걸 발견했다. 그녀는 새빨간 립스틱을 바른 입술로 소리 없이 몇 마디를 그려보였다. "도망가. 어서." 나는 돌연 자신이 처한 상황으로 되돌아와 몸을 돌려 뛰었다. 모래에 미끄러져 넘어지기 직전에 다급히 도로로 뛰어올랐다. 수많은 소총 노리쇠가 당겨지는 소리, 셰퍼드가 단체로 울부짖는 소리(숨결에 강렬한 비린내를 품고 있었다)가 들려왔다. 자동차 한 대가 호수 위의 모터보트가 물살을 가르듯 질주하며 다가왔다.

짙은 기름 냄새에 숨 막혀 죽을 것 같았다.

나는 아둔하게도 공연히 발을 들었다가 힘이 빠져 길가의 비탈로 쓰러졌다. 눈에서 별이 번쩍였다. 그러나 자동차는 씽 하는 소리와 함께 지나가버렸다. 지나가는 속도가 너무 빨라서, 순식간에 내 시야 속에서 움직이는 작은 상자로 변해갔다. 마치 자동차가 도망치는 것 같았다.

도로에는 아무것도 없었다. 아무도 없었다. 어떤 동물도 없었다. 멀리서 사이렌이 들리지도 않았다. 태양은 아스팔트 위에 내리쬐고 있었다. 딱딱하게 굳은 채 천천히 일렁이는 파도에 내리쬐는 것 같았다. 저쪽을 바라보니 대문은 굳게 닫혀 있었고 창문에는 커튼이 쳐져 있었다. 아직 썰지 않은 풀이 바람이 불 때마다 이리저리 휘날렸다. 살이 쪘군. 눈가에 주름도 있고 아이도 있어. 먹고살 정도면 만족하고, 한마음으로 지아비를 모시는 게 빚이라도 진 것처럼 매일 비위를 맞추고 먹여주고 돈 벌어주며 살고 있어. 나는 돌연 이 평온한 삶을 침범한 악마였던 것이다.

　나는 산으로 돌아가 계속하여 관찰했다. 한참이 지난 후, 배가 동그랗고 입술이 두툼한 한 남자가 의기양양 걸어와 느긋이 그녀의 이름을 불렀다. 그녀는 문을 열고 불안하게 살펴본 뒤 갑자기 그를 끌어안았다. 그가 그녀의 등을 토닥이자 그녀는 코밑으로 기포를 뿜을 정도로 울기 시작했다. 그는 안고 있던 손을 풀더니, 무술 고수처럼 궁보弓步를 취하고 양손을 파박 하며 친 뒤 왼손은 평평히 뻗고 오른손을 높이 들었다가 아래로 쪼개며 목을 자르는 초식을 펼쳐 보였다. 그녀가 웃기 시작했다. 그녀는 울다가도 갑자기 웃을 수 있다는 사실을 몰랐던지 이내 멈췄다. 그가 돌멩이를 들어 고함을 지르며 길 건너 가상의 적에게 던지니 그제야 배를 잡고 웃기 시작했다. 나는 망원경을 집어던졌다. 망원경이 산 아래로 굴러 내려갔다.

　나는 이 세계와 완전히 단절되었다. 마치 수술 후 깨어났을 때 다리가 없거나 음경이 잘린 것을 확인한 것 같았다. 두려워졌다. 또다시 이 텅 빈 공허에 빠져들었다는 사실이 믿어지지 않았다. 이제는 어떤 일도 계속할 수 없을 것 같은 생각이 들었다. 우선 위장이 시키는 대로 배를 채울 만한 것을 찾으러 갔다. 작은 슈

퍼마켓에 들어가니 점주(겸 계산원)가 냉수 한 사발을 받쳐 들고 천천히 빵을 먹고 있었다. 그 옆에 대여섯 개가 더 있었다. 일부는 이미 먹었고 계속해서 먹고 있는 중이었다. 어쩐지 엄마 생각이 났다. 엄마는 항상 유통기한이 지난 식품을 가져와 혼자서 천천히 먹어 치웠다.

내가 말했다. "안 먹으면 안 돼요?" 그녀는 씹기를 멈췄다. 나는 이십 위안을 꺼내며 말했다. "그냥 버려요." 그녀는 돈을 받아들며 영문을 모르겠다는 표정이었다. 문을 나서며 뒤돌아보았다. 그녀는 물을 한 모금 마시면서 남은 빵을 입에 쑤셔넣고 있었다.

나는 회면繪面 집에 들어갔다. 입구에 있던 아가씨가 허리를 숙이며 말했다. "어서 오세요." 신기하게도 입술이 굳게 닫혀 있었다. 다음 손님이 들어올 때 보니 역시나 입술을 떼지도 않았는데 소리가 흘러나왔다. 일종의 초능력 같은 거였다. 전단지 알바생도 어느 순간 무채를 썰듯 길 가는 모든 행인에게 전단을 차르륵 돌리질 않는가. 생활의 달인들이 되는 것이다.

무료.

중복.

질서.

구속.

죄수.

나는 이십 위안을 주고 목욕탕에 가 목욕을 한 뒤, 십 위안을 추가하여 하룻밤을 보냈다. 홀에 있는 소파 침대에 비스듬히 누워서 정말 오랜만에 처음으로 마음 편히 텔레비전을 봤다. 여자 아나운서는 남색 상의에 살짝 파마를 한 단정한 이미지였는데 말은 속사포였다. 총알 한 상자를 쟁여두고 사방으로 쏘아대는 것 같았다. 그러면서도 틀린 발음 하나 없었다. 분명 오랜 훈련을 받았을 터였다. 바로 그 점 때문에 그녀가 어떤 뉴스를 전하더라도 머리를 거치지 않은 채 입만 움직이는 것으로 느껴졌다. 그것이 기쁜 소식이든 슬픈 소식이든, 분통 터지든 무덤덤하든 상관없이 그녀는 모든 사건에 대해 엄숙한 태도를 유지했다.

그녀는 "산불이 민가 200만 가구를 삼켰다"는 소식을 전한 뒤, 원고를 넘겨 "자살 폭탄 테러로 30여 명 사상"에 관한 뉴스를 읽었다. 그리고 마지막 페이지인 걸 확인하자 미소를 자아냈다. 그걸로 뉴스는 끝났다. 나는 없었다. 나는 잊혀졌다. 혹은 탈락되었다. 여태껏 언론이 정의로운 사업이라 생각했는데, 이제 그것만큼 염치없는 일도 없는 것 같았다. 뜨거운 눈물을 머금고 희생자의 손을 잡으며 그들의 억울함을 경청하지만, 새로운 이슈가 생기면 바로 손을 뿌리치고 가버린다. 매일같이 소비자들에게 신선하고 화끈한 정보를 제공해야 했다. 나는 유통기한이 지나 가치가 없어졌다. 지금은 나조차도 이렇게 계속 가는 게 아무 의미 없다고 생각되었다.

홀에서 조금씩 코 고는 소리가 울려 퍼지더니, 전염되듯 여기 저기서 드르렁대기 시작했다. 무슨 하마떼라도 온 줄 알겠다. 나는 몇 번이나 벌떡 일어나 철사 같은 걸 찾아 그네들의 비대한 목덜미를 졸라매고 싶어졌다. 종업원이 그 모습을 지켜보다 위층에 올라가 쉬어도 된다고 알려줬다. 나는 뒤따라 올라갔다.

개인실로 안내되었다. 엄마 나이대로 보이는 여자가 가방을 들고 들어왔다. 나는 바짝 쫄았다. 그녀는 자기 집 화장실인 것처럼 아무 거리낌 없이 티셔츠를 벗고, 브래지어를 풀고, 치마와 팬티를 내렸다. 축 처진 시커먼 가슴과 배꼽, 음부가 그대로 드러났다. 상상 속에서 섹스는 신비로웠다. 제사를 지내듯 거사 치르기 전에 어떤 절차가 있었다. 그런데 그녀는 대놓고 성기부터 들이밀었다.(안주 들이미는 거나 뭐가 다른가.) 나는 침대에 앉아 뒤로 엉거주춤 물러섰지만 결국 바지가 벗겨졌다. 그녀는 발기한 음경을 잡고는 (마치 사포로 문지르듯) 거칠게 아래위로 놀렸다. 그만해달라고 사정했더니, 두 무릎을 손으로 쓸면서 내 위로 올라타 곧바로 음경 위에 앉았다. 그녀의 허리를 밀쳐보았지만, 그녀는 꿈쩍도 않고 사정없이 방아를 빻기 시작했다. 허리를 놀리면서 무슨 대단한 상처라도 입은 양 난폭하게 괴성을 질렀다. 내가 뭐라고 구시렁거려도 그녀는 노동요 같은 신음에 푹 빠져 있었다. 그러다 내가 그만하면 됐다고 하니 그제야 신음을 멈췄다.

허리는 습관적으로 계속 놀리고 있었다. 내가 말했다. "끝났어요."

그녀는 곧바로 멈추며 하반신을 어루만졌다. 이제 갈게요, 라고 말한 뒤 벌떡 일어서더니 한쪽 발로 비틀비틀 뛰면서 팬티를 입었다. 나는 애처롭게 손을 뻗으며 조금 더 있으라고 하고 싶었다. 그러나 그녀는 순식간에 옷을 걸치고 하이힐을 신더니 나가버렸다.

다시 2층으로 내려오니 코 고는 소리가 합창하듯 점점 고조되고 있었다. 목욕탕으로 들어서니 종업원이 은근하게 수건을 건네며 미소를 지었다. 이 미소에는 다른 함의가 있는 것 같았다. 내가 조루였다고 그 아가씨가 이 목욕탕 전체에 소문을 낸 게 분명했다. 금방 그 총각 넣자마자 싸더라고. 나는 너무 쪽팔렸다.

나는 때밀이 침대에 누워 밤새 잠을 못 이뤘다. 수도관 연결 부위에 나사가 헐거워졌는지 물이 지날 때마다 조금씩 흘러넘쳐, 도마뱀처럼 수도관을 타고 천천히 꿈틀대다가 어느 정도 무게가 되면 물방울이 되어 떨어졌다. 고요한 목욕탕에 똑 하는 소리는 저 멀리 어둠 속에서 운석이 바다로 떨어지는 것 같았다. 나는 고독에 갈기갈기 찢어졌다.

첫차를 타고 서쪽 칭산青山으로 갔다. 칭산의 옛날 이름은 친산秦山이었다. 진시황이 전국을 평정한 뒤 남쪽으로 순시를 왔다가,

이곳에서 채찍으로 길을 내고 검으로 봉우리를 깎아 황제의 산맥으로 지정했다는 전설이 있다. 나는 그저 산꼭대기에 올라 일출을 한번 보고 싶었을 뿐이다. 내가 도착했을 때 이미 기다리는 사람들이 있었다. 어둠 속이라 서로 얼굴은 보이지 않았지만, 구세주 기다리듯 한마음이었다.

한참이 지나서야 하늘가에 푸른 기운이 돌면서 조금씩 발그스름해지기 시작했다. 그것이 바다에서 천천히 헤엄쳐 오고 있는 게 느껴졌다. 운무 사이로 태양의 한쪽 모서리가 드러나자 모두들 펄쩍 뛰면서 좋아했다. 태양은 역시 기대를 저버리지 않았다. 오렌지색 탁구공 같은 게 위로 떠올라 점점 커지고 점점 뜨거워지다 갑자기 두 팔을 벌리며 성큼 우리에게로 다가왔다. 누군가 나를 빤히 쳐다보고 있다는 공포가 밀려왔다. 그의 손바닥 안에서 나는 벗어날 수 없었다.

그러다 지나친 열정을 부려 화염을 내뿜기 시작했다. 처음에는 가장자리의 멍석에 불이 튀나 싶더니, 곧이어 온몸으로 불길이 번져 순금의 거울처럼 타올랐다. 이제 맨눈으로는 바라볼 수 없었다. 막바지에 이르러 무수한 금붙이와 빛무리가 녹아 떨어져 내리더니, 우리를 내버려둔 채 힘차게 솟구쳐 올라 하늘 저 높이 빛의 블랙홀을 빚어냈다. 이렇게 모양이 갖춰지자 이내 우리가 평상시 보아왔던 평범한 태양이 되어버렸다. 몸에서 기름이 배어나 옷은 축축하게 젖었고 피부가 근질거렸다. 잠이 부족

해서인지 토할 것처럼 속이 메스꺼웠다.

가방을 메고 산등성이로 자리를 옮겼다. 그곳은 아직 어둠이 남아 있었다. 사방에 아무도 없는 것을 확인한 후, 여행 가방을 집어던지며 고함을 질렀다. "나 여기 있어." 함성은 물수제비 뜨는 자갈돌처럼 구름 위를 퐁퐁 뛰다 하늘 위로 멀어져갔다. 나는 마지막 지폐 세 장을 꺼냈다. 일련번호 끝자리가 각각 1, 2, 3이었다.

1. 계속 도주한다.
2. 자수한다.
3. 자살한다.

나는 하늘의 뜻을 따르기로 결심했다. 어느 게 어느 것인지 알아볼 수 없을 때까지 지폐를 이리저리 뒤섞었다. 본래 제일 바깥에 있는 놈을 뽑을 생각이었는데, 뒤집은 것은 중간 거였다. 일련번호는 HQ24947723이었다. 위에 볼펜으로 비뚤비뚤 리지시 李繼錫라는 이름이 적혀 있었다. 돈을 별로 못 만져본 어떤 농부가 한동안 소유했던 모양이다. 지금 그가 나에게 자살을 요구한다.

가방에서 나일론 끈을 꺼냈다.(이런 일이 생길 줄 알고 있었다.) 목공처럼 나무를 통통 치며 몇백 년 묵은 나무를 골랐다. 이런 나무는 분명 우박, 벼락, 폭설을 무수히 겪어왔고 앞으로도 계속해서 겪을 것이다. 나는 돌덩이 두 개를 쌓은 후 끈으로 매듭을 묶어 단단한 가지에 걸었다. 앞으로 걸어 나가 세상을 직시했다. 빽빽한 수풀 너머로 구불구불한 도로가 있었고, 그 밑으로 작은 상자 같은 집들이 눈에 들어왔다. 사람들은 개미처럼 바삐 오가고 있었다.

나는 디딤돌을 밟고 올라가 머리를 집어넣은 뒤 발바닥으로 돌을 찼다. 몸이 하늘로 붕 날아오르는가 싶더니 갑자기 그대로 추락하듯 반대 방향으로 내리꽂혔다. 마치 고장 난 엘리베이터를 탄 것 같았다. 시간이 한참 흐른 것으로 느껴지지만 창졸간에 벌어진 일이다. 그러다 허공에 대롱대롱 멈춰 서니 목을 감고 있던 올가미가 톱니바퀴 찌르듯 죄어왔다. 몸 안의 혈액이 한꺼번에 솟구쳐 올랐다가 또 갑자기 살짝씩 미약하게 반대 방향으로 되돌아왔다. 온몸의 말초신경이 간지럽기도 하고 아프기도 하다가 잠시 후엔 완전히 무감각해졌다. 그렇지만 목 위로는 자동차에 짓이겨진 듯 모든 기관이 고통스럽게 부풀어 올랐다.

하늘은 물러설수록 더 높았고, 물러설수록 더 멀어졌다. 나는 이리저리 요동치고 있었다. 아득한 어딘가에서 나뭇가지가 천천히 부러지는 소리가 들려왔다. 나는 잠시 흔들리다가 돼지고기 푸대처럼 땅에 떨어져 내렸다. 미동도 않고 누워 있다 숨이 쉬어지지 않아 이리저리 뒹굴며 목을 옭아맨 발톱을 뜯어보려 했다. 뜯어지지 않자 기어 일어나 목을 후벼 파며 비틀비틀 걸어갔다.

나는 지금 죽을 수도 없고 살 수도 없다. 미치고 펄쩍 뛸 노릇이었다.

누가 와서 칼로 잘라줬는지는 기억나지 않는다. 단지 자유가 찾아왔을 때 온몸에 경련이 멈추지 않았던 기억만 있다. 한참이 지난 후, 온몸의 혈액이 제자리로 찾아가 다시 돌기 시작하자 그제야 안정이 찾아왔다. 자리에서 일어나 땀이 다 <u>흐르도록</u> 기다렸다가 등산객들을 밀치고, 바짓가랑이 가득 똥이 낀 채 허겁지겁 뛰어나갔다. 나는 차가운 호수에 몸을 씻으며 다시는 자신을 죽이지 않겠다고 결심했다.

산허리에 작은 마을이 있었다. 전포 깃발이 바람에 나부끼며, 도처에 만두 찌는 후끈한 냄새를 내뿜고 있었다. 현지 주민들은 호두나 은행 같은 특산품을 늘어놓았다. 관광버스가 줄지어 도로를 오갔고, 가이드 뒤를 따르는 관광객들은 명승지라 할 수 있을 이곳을 호기심 어린 눈빛으로 구경했다. 나는 얼어붙은 극지방에서 꽃 세상으로 걸어 들어온 것 같았다. 그들은 내가 어떤 고초를 겪었는지 모른다. 내가 얼마나 큰 비극을 경험했는지 모른다.

아침을 먹은 후 원기가 회복되자 가게에서 전화를 걸었다. 상대편의 목소리는 아주 짜증스러웠다. "누군데?"

"리융이야? 나야."

"네가 누군데?"

"나."

그쪽에서 반응이 오며 우물쭈물했다. 나는 말을 이어갔다. "놀라지 마. 딱 한마디만 할게. 매년 오늘 나에게 술이나 한잔 올려주면, 다음 생에서는 형님으로 모실게." 이 칠푼이 녀석이 울기 시작했다. "꼭 그렇게, 꼭." 원래 나에 관한 소식이나 좀 알아볼까 했는데, 왠지 안 봐도 상상이 돼서 그냥 끊었다.

나는 한적한 야외 당구장을 찾아가 큐를 잡고 혼자서 치기 시작했다. 주인도 장사를 해야 하니 다가와 같이 치자고 했다. 나는 마지막 남은 삼백 위안을 꺼내 당구대 한쪽에 돌멩이로 눌러놓고 말했다. "한 판에 백 위안." 주인은 한참을 뜯어보다가 바로 받지 않고 일단 시험 삼아 한판 치자고 했다.

우선 한판 쳐보자고 제안하는 게 이치에 맞았다. 왜냐하면 주인은 급한 성격이라 별 고민도 하지 않고 막 쳤기 때문이다. 어떤 공은 살짝 밀어야 하는데도 쾅 하며 세게 때리기만 했다. 나는 조심조심하며 게임이 빨리 끝나지 않게 하려고 애썼다. 결코 내 스타일은 아니었지만, 지금으로선 딱히 다른 수가 있는 것도 아니었다. 나는 웃어른을 뫼시고 포커를 치듯, 져줘야 하는데 또 너무 티 나게 지면 안 되는 형국이었다. 주인은 몇 번이고 내가 너무 느리게 친다고 구시렁대며 지저분한 말을 입에 담았다. 나는 한판 뜨려고 달려들었다가 그가 만류해서 그만뒀다.

나는 게임을 가지고 놀고 있었고 시간도 충분했다. 그러다 당구장에 한 무리가 몰려오자 내 본성을 드러냈다. 큐를 잡고 네 번 연속으로 공을 넣자 주인은 눈이 휘둥그레졌다. 나는 말했다. "그냥 시간이나 좀 보낼 생각이었습니다요." 상대는 엄청난 모욕을 당한 듯, 한 손으로 큐를 잡고 당구대를 거세게 내리치고 있었다. 나는 눈길도 주지 않고 옆쪽의 냉장고로 가서 백 위안을 건네며 콜라 한 병과 담배를 달라고 했다. "잔돈은 됐어요." 그런 다음 콜라를 한 모금 마시며 담배를 물고 새로 온 와이셔츠와 정장 차림에 구두를 신고 서류 가방을 들고 있는 사람들이 우왕좌왕하는 모습을 지켜봤다. 그들은 몇 번인가 나를 쳐다봤지만 나를 부정했다. 나는 고개를 들고 우악스럽게 말했다. "누구 찾습니까?"

그들이 다가와 가방에서 사진을 꺼내 보여주었다. 나는 나를 바라봤다. 지저분한 수염에 봉두난발, 차가운 눈빛. 나도 이 사람이 누군지 모를 지경이었다. 나는 말했다. "너무 서투시네요." 모욕을 당한 그들이 뒤돌아가려고 했다. 나는 담배를 입에 물고 두 팔을 펼쳤다. 담배 연기가 올라와 눈을 찔렀다. 그래서 눈을 가늘게 뜨고 그 말을 뱉었다. "내가 콩제를 죽였소." 그들은 어리둥절해 있다가 갑자기 표범처럼 달려들어 어깨를 누르고 발을 짓밟으며 나를 땅바닥에 밀어 넘기려 했다. 나는 열분을 토했다. "도망칠 거면 진작 도망쳤지."

나를 차에 욱여넣자 그들은 예의를 차리기 시작했다. 어찌 되었건 나는 살인범이지 조무래기 건달이 아니었다. 심지어 그들이 나를 귀한 도자기 다루듯 깨뜨릴까봐 조심한다는 느낌마저 들었다. 그들은 자아도취에서 벗어나지 못한 채 나에게 물어댔다. "어떻게 단번에 우리란 걸 알아채셨나?"

"벨트."

그들은 일제히 벨트 쪽으로 눈을 돌렸다. 벨트 버클에 경찰 휘장이 박혀 있었다.

"켄터키 프라이드치킨이 먹고 싶군요." 이 말을 하고는 잠이 들었다. 앞쪽이 좀 막히는 것 같았는데, 경찰 사이렌을 울리자 이제 더는 멈추지 않고 달렸다. 그들은 그걸 즐긴다. 나는 아니겠는가?

심문

나는 문 앞으로 다가가 걸음을 멈추고 하늘을 바라보았다.
창공의 아득한 깊이에는 아무것도 없이 텅 비어 있어
너무나도 평안했다.

그들이 내 머리에 뭔가를 뒤집어씌웠다. 이야기 소리가 멀어
졌다. 나는 혼자 차 안에 남겨진 듯했다. 자동차는 갈수록 빠르
게 달리다 갑자기 멈춰 섰다. 창밖에서 폭죽이 한꺼번에 터진 후
어떤 간부의 간략한 발언이 뒤를 이었다. 나는 차에서 끌어내려
져 앞으로 걸어갔다. 찰칵찰칵 하는 사진 찍는 소리가 끊이지 않
았다. 모든 물체에 뿔이 달려 나를 향해 찔러왔다. 그러나 앞쪽
은 시종 비어 있었다. 또다시 어둠의 고독한 연못 속으로 빠져드
는 느낌이 들었다.

가리개를 벗으니 사방이 벽이었고 철문과 작은 창은 굳게 닫

혀 있었다. 그들은 종이 한 장을 내밀며 사인하게 했다. 그런 다음 천장에 매달린 쇠고리에 나를 채웠다. 그러고 나니 까치발로 낑낑대며 서 있어야만 했다. 고함을 치며 항의했더니 발에 족쇄까지 채워졌다. 나는 더 이상 군소리하지 않기로 했다.

몸이 계속해서 밑으로 처졌기 때문에 나는 고통스럽게 휴식 시간을 배분했다. 손을 고생시켜 발을 편안하게 했다가 다시 반대로 바꾸는 식이었다. "오줌 싸겠다고요"라고 고래고래 난리를 친 적도 있는데, 바깥에서 들려오는 말은 매정했다. "싸." 그래서 쌌다. 오줌은 바지와 대퇴부를 따라 흘러내려 발가락 사이에 고였다. 뜨거운 우유를 쏟은 것 같은 느낌이었다. 나는 지금 관찰되고 있으니 분명 은밀한 곳에 카메라가 있을 것이다. 나는 아무렇게나 방귀를 뀌고 벽에 가래를 뱉었다. 또 어떨 땐 입술로 말하는 시늉을 했다. 잠을 자는 것은 애당초 불가능했다. 차라리 천장에 매달리거나 흠씬 두들겨 맞아 바닥에 널브러진 쪽이 부러워지기 시작했다.

빛이 사그라질 무렵 수갑이 풀리자 나는 바닥으로 무너져 내렸다. 그들은 나를 컴컴한 방으로 끌고 가 난쟁이 의자에 앉힌 후 모습을 감췄다. 막 잠이 들려는데 얼굴 바로 앞에 불이 켜져 깜짝 놀랐다. 사진 촬영용 조명처럼 따갑게 내리쪼이는 불빛 때문에 실눈을 뜨고 있어야만 했다. 벽 쪽의 일광등도 켜졌다. 밝기가 약한 은은한 빛이 촘촘한 은발에 폭포처럼 떨어지고 있었다. 상대는 윤곽만 확인할 수 있었다. 높은 곳에 앉아 혀로 짭짭 소리를 내며 한 가지 음식을 먹고 있었다. 가끔 손가락을 쪽쪽 빨기도 했다. 치킨 윙은 따뜻할 때 먹어야 하는데, 차가워지면 기름이 굳어 색깔, 향기, 맛이 몽땅 사라지잖아. 나는 이 사람에 게 살짝 동정심을 느꼈다.

화끈한 뭔가가 전류처럼 머리까지 솟아올랐지만 땀은 나지 않았다. 나는 정말로 죽어버리고 싶었다. 몇 번이나 언제 시작할 건지 물어보려다 말았다. 그랬다가는 더 개판이 될 것이다. 강간 범을 앞에 두고 저 언제 강간할 건가요 물어보는 꼴이 되지 않겠 는가.

그는 열두 개를 먹은 후에야 (저녁에 돌아가면 백 퍼센트 설사각이 다) 느릿느릿 말을 시작했다. "이름." 그 뒤로 생년월일, 호적지, 현주소, 학력 순의 간단한 질문이 종소리 울리듯 이어졌다. 거의 다 되자 다시 물었다. "생년월일." 나는 다시 한번 대답했다.

"확실해?"

"확실합니다."

나중에 안 사실이지만, 이 문제를 물고 늘어진 이유는 내가 만 18세가 되지 않았을까 하는 걱정 때문이었다. 그러고는 이쑤시 개로 이를 쑤시고만 있었다. 내가 거의 뒤집어 넘어갈 때가 되 어서야 다음 말이 이어졌다. "버텨봐야 소용없다는 건 잘 알 거 야."

"압니다."

"그럼 우리가 뭘 찾는지도 알겠네?"

이보다 더 멍청한 질문도 없을 것 같았다. 그들은 엄청난 인원을 동원해 이런저런 계획을 세우고 경험 많은 노련한 경찰을 초청하여, 심리학적으로 심문 환경을 디자인하고 세부적인 심문절차를 짜야만 내가 굴복할 거라고 생각한 것이다. 사실 나는 묻기만 하면 그대로 불 생각이었다. 나는 화가 나서 말했다. "나는 콩제를 죽였다. 잔인하게 살해했다. 수도 없이 칼로 찔러 피가 철철 흘러넘쳤지."

"기록해." 그가 말했다. 나는 그제야 모퉁이에 또 한 명의 경찰이 있는 걸 알아차렸다. 펜이 사사삭 미끄러지는 소리로 판단컨대 그들은 흥분을 주체할 수 없는 모양이었다. 빨리 잠들기 위해 나는 그들이 무엇을 묻던 간에 바로바로 대답해줬다. 어떻게 유인했냐, 어떻게 죽였냐, 어떻게 처리했냐, 어떻게 도망 다녔느냐 등등에 대해 건물주가 세입자에게 모든 걸 내어주듯 남김없이 대답했다. 그런 다음 말했다. "물."

"왜 그녀를 죽인 거지?"

"물."

"대답하면 물을 주겠네."

갑자기 지저분한 거래처럼 느껴져 나는 자존심을 세우기로 했다. 그들이 "말해보시지"라고 해도 나는 고개를 돌린 채 물이 올 때까지 눈길도 주지 않았다. 그들이 병뚜껑을 열어 물을 먹여주려고 하기에 고개를 쳐들어버렸다. "우리는 네 자백이 없이 증거만 가지고도 충분히 유죄 선고를 내릴 수 있어."

"그럼 어서 선고하세요."

그는 곤란하다는 듯 펜을 톡톡 치다가 손을 휘저었다. 옆에 있던 경찰이 진술 조서를 가져와 보여줬다. 나는 필요 없다며 바로 사인을 했다. 그래도 보긴 해야 한대서 한 구절 덧붙였다. 확인 결과 이상 없음.

얼마 후 나는 군사학교 기숙사로 끌려갔다. 경찰이 긴 경계선을 쳤지만 몰려든 구경꾼을 막을 수 없었다. 내가 어디를 가든 사람들이 몰려왔다. 마치 포획된 야수가 된 기분이었다. 나는 미소를 지으며 그들을 한번 훑어보았다. 나의 이 태도가 한 중년 남성의 화를 돋우었다. 그는 나무 몽둥이를 들고 인파를 헤치고 넘어와 밑도 끝도 없는 도덕의식으로 나를 내리쳤다. 나는 거세게 발악하며 그를 향해 달려들었다. 눈앞에 있던 사람들이 썰물처럼 빠져나갔고, 그는 그 자리에 얼어붙었다.

나뭇잎이 노랗게 물들었다.

예전에는 나뭇잎이 나는지도 몰랐고 나뭇잎이 떨어지는지도 몰랐는데, 지금 보니 나뭇잎이 노랗게 물들어 있었다. 아마도 마지막 단풍이리라. 이웃집 허씨 노인이 말없이 씩씩한 걸음으로 앞서갔다. 발바닥에서 먼지라도 휘날릴 품새다. 모퉁이나 계단이 나오면 오른손을 들어 뒤쪽에 주의를 줬다. 이런 식의 열성적 치안 자경단의 소임을 완수한 뒤에도 졸졸 따라다니며 주시하고 있었다. 언제라도 자기에게 뭔가를 물어올지 모른다고 생각하는 듯했다. 그런데 사실 그런 일이 있다 해도 그 노인에게 수고를 끼칠 필요는 없었다.

나는 문 앞으로 다가가 걸음을 멈추고 하늘을 바라보았다. 창공의 아득한 깊이에는 아무것도 없이 텅 비어 있어 너무나도 평안했다. 이것이야말로 곧 일어날 죽음의 징조라고 나는 생각했다.

내가 살았던 집 안으로 들어가니, 양쪽 커튼이 닫혀 있고 세탁기가 문가에 놓여 있었으며, 투명 테이프를 찢어 벽에 붙여두었다. 그들은 전등을 켠 후 고무 인형과 플라스틱 칼을 주며 시작하라고 말했다. 내가 뭘 시작해야 하는지 어리둥절해 있으니, 그들은 살인을 시작하라고 했다. 주머니가 없어 칼은 허리춤에 찔러 넣었다. 그런 다음 인형을 뒤에서 껴안으며 코와 입을 움켜잡았다. 내가 여기서 멈추니, "계속해"라며 재촉했다.

"막 발버둥쳐야 하는데요. 엄청 세게."

"네가 직접 흔들어."

나는 그것을 흔들며 귓속말을 한 뒤 손을 풀고 투명 테이프를 뜯어내 그것의 입에 붙였다가 찢으며 날카로운 비명을 질렀다.

그들은 깜짝 놀라 나를 포위하며 붙들었다. 나는 말했다. "내가 아니라 이게 비명을 지르는 겁니다."

"그 단계는 생략해도 돼."

"생략할 수 없어요."

나는 한 번 더 비명을 지른 뒤, 배우처럼 굉장히 당황한 표정을 지으며 그것의 입을 움켜잡고 칼을 꺼내 복부를 찔렀다. 아쉽게도 발기부전인 것처럼 삽입이 안 되고 한쪽으로 미끄러져버렸다. 그래도 무시하고 연이어 몇 칼 더 찔렀다. 이어서 그것을 질질 끌고 창가로 가 칼로 커튼을 걷으며 바깥을 확인한 후 인형을 내려놓고 창가에서 구토를 했다. 그런 다음 쪼그리고 앉아 그것의 얼굴을 긋고 그것의 몸을 찔렀다. 바로 이 순간 나는 정신이 아득해졌다.(빨래터에서 빨래 방망이 들고 멍 때리는 아낙처럼 그 자리에 얼어붙었다.) 맞은편 벽에 거대한 그림자가 눈에 들어왔다. 나는 정말로 그녀를 찌르는 것처럼 미친 듯이 난도질을 시작했다. 그림자는 쉬지 않고 이 장면을 재연했다. 내 기억 깊은 곳에서 끊임없이 경련이 일었다.

연약한 칼이 부러졌다.

그런 다음 나는 그것을 안아 세탁기 안에 거꾸로 처박으며 말했다. "잭나이프로 했어야 했는데 말이죠. 기억나는군요." 나는 또 다른 현장으로 지목된 생선 비린내로 가득 찬 그 도시에도 가야 되는 줄 알았다. 그런데 그럴 필요 없다고 했다. 오토바이에서 굴러떨어진 그 경찰은 명이 길어서 이미 별 문제가 없다는 것이다.

두 번째 심문 장소는 회의실로 옮겨졌다. 붉은 테이블에 오전의 빛이 반사되고 있었고 한 여경이 차를 따라주었다. 그들은 노트를 펼치고 카메라를 설치한 채 맞은편에 앉았다. 마치 회의라도 하는 것 같았다. 앞에 앉은 노땅은 얼굴 피부가 돌맹이처럼 울퉁불퉁해서 눈, 코, 입이 모두 그 속에 파묻힌 것 같았다. (특히 코는 구멍 두 개만 빼꼼히 보였다.) 어쩌면 문둥병 환자였는지도 모르겠다. 이렇게 추악한 인간이 눈빛은 또 얼마나 차가운지 간담이 서늘해질 지경이었다. 첫 심문에서 끝장이 나겠구나 싶었다. 모든 걸 술술 불 게 확실했다.

나는 고개를 숙인 채 찻잔을 쥐고 수갑 사이의 쇠사슬만 바라보고 있었다.

"고개 들어."

나는 고개를 들었다.

"내 얼굴 봐봐."

나는 어쩔 수 없이 그의 눈을 바라보았다. 온몸이 녹아내리는 느낌이었다. 바짝 마른 장작을 태울 때처럼 몸에서 타다다닥 하는 소리가 나며 찻잔이 떨려 뜨거운 물이 튀는 바람에 손이 데었다. 이런 상황을 어떻게 묘사해야 할지 모르겠다. 말해봐야 당신들도 믿지 않을 것이다. 터널 속에 들어선 느낌이었다. 그는 환한 출구 쪽으로 물러나며 손짓했고, 나는 그게 유일한 필수 사항이라는 듯 묵묵히 뒤를 따랐다. 만약 그가 지난번의 질문을 중복했다면 나는 분명 있는 대로 다 털어놓았을 것이다. 그런데 그는 그저 사건의 디테일을 재연하기를 요구했다. 그래서 문자 메시지, 귓속말, 발버둥, 투명 테이프, 잭나이프, 커튼, 세탁기의 순서로 사건을 차례차례 이야기했다. 그는 가끔 고개를 끄덕였고, 옆에 앉은 경찰은 엄숙하게 기록했다. 계속 말을 이어나가라는 듯 그의 눈빛이 부드러워졌다. 그러나 나는 귀찮아졌다. 한 사건을 몇 번이고 이야기하는 게 물렸다.

그가 말했다. "그다음은?"

내가 말했다. "없어요."

나는 내 할 일을 다 끝냈다는 듯이 탁자에 엎어져 잠을 잤다. 어떤 경찰이 다가와 머리채를 잡자 나는 뿌리치며 화를 냈다. 노땅은 손을 들어 저지시켰다. "지킬 건 지킵시다." 그러고는 질문을 이어갔다. "당신이 방금 그녀를 세탁기 안에 거꾸로 처박았다고 했잖아. 물어나 봅시다. 왜 그랬지?"

"그냥요."

"좋아. 그렇다면 다시 묻겠네. 당신이 창가에서 그녀를 내려놓을 때 그녀는 이미 죽지 않았나?"

"죽었겠죠."

"확실해?"

"확실하진 않지만 죽었던 것 같아요."

"벌써 죽었는데, 왜 그녀의 몸을 서른일곱 번 더 찔렀나?"

"그냥요."

"그거 알아? 우리 고참 법의가 여태 현장을 그렇게 돌아다녀도 한 번도 구토를 하거나 눈물을 보인 적이 없어. 그런 그녀가 이번 현장을 보고는 너무 겁을 먹어 입원을 했네. 콩제의 피가 세탁통 절반을 가득 채웠어. 그 법의가 그러더군. 어떤 한 사람이 누군가에게 이 정도로 거대한 증오심을 표출할 거라곤 상상도 해본 적이 없다고 말일세." 여기까지 말한 뒤 눈을 비비며 말을 이어갔다. "대체 그녀에게 무슨 원한이 있는가?"

"원한 없어요."

"그럴 리가 있나."

"정말로 없어요."

"없는데 왜 그렇게 잔인하게 죽였나?"

"그냥요."

갑자기 그가 찻잔을 바닥에 집어던져 그 옆의 동료들이 깜짝 놀랐다. 그는 상반신을 기울인 채 탁자를 치며 고함을 질렀다. "그냥이라는 게 어디 있어?"

나는 고개를 숙였다. 살짝 불안해졌지만 나는 알고 있었다. 기세에서도, 기술적으로도 그가 졌다. 그는 확연하게 잘못된 궤도로 들어섰다. "대답해." 그는 계속해서 탁자를 쳤다.

"딱히 할 말이 없는데요."

그가 다가와 내 멱살을 잡은 뒤 주먹을 들어 나를 때리려 했
다. 나는 조금도 두렵지 않았다. 만약 그가 내 왼쪽 뺨을 때리면
나는 오른쪽 뺨을 내밀 셈이었다. 승자는 허둥지둥할 필요가 없
는 법이다. 그의 동료가 말리고 나섰다. 한참이 지나서야 그는
마음을 진정시키고 나에게 하는 것 같기도 하고 다른 사람 들으
라고 하는 것 같기도 한 말을 이어갔다. 그에게 나만 한 아들이
있는데, 대입 학력고사를 망치고는 집에 들어오기가 겁이 나니
까 밖에서 빈둥거리고 있었다고 한다. 그가 찾아내 흠씬 두들겨
팼는데, 한 대 때릴 때마다 자기를 때리는 것 같았다는 것이다.
"다 때리고 나니, 세상에 용서하지 못할 일이 어디 있겠는가, 인
생에 넘어가지 못할 일이란 없겠다는 생각이 들더군."

그는 자기 기분에 취해 눈물이 그렁그렁한 눈으로 나를 바라
봤다. "우리 함께 이 난관을 헤쳐 가자꾸나. 애야, 너 정말로 그
녀에게 그냥 넘기지 못하겠다 싶었던 맺힌 거 없어?"

"없어요."

"없는데 왜 이미 죽은 애를 서른일곱 번을 더 쑤셨나?"

"이해 못하실 겁니다."

"혹시 그녀를 좋아했는데, 그녀가 널 싫다고 한 건 아니고?"

"아닙니다."

"그녀가 매정하게 모욕을 줬나?"

"그것도 아닙니다."

"그럼 왜 그랬나?"

나는 그를 빤히 쳐다보며 말했다. "저도 알고 싶습니다."

피가 솟구쳐 그의 얼굴이 탄약통처럼 어둡게 가라앉았다. 그는 부들부들 떨며 텔레비전 거치대 쪽으로 걸어가 액자 하나를 꺼냈다. 그는 떨리는 손으로 더듬거리며 말했다. "말해봐. 이거 누구야?"

"우리 아빠요."

아빠의 눈은 말라 있고 뼈가 보일 정도로 수척한 상태였다. 말기 암을 앓을 때였는데 카메라를 바라보며 환한 웃음을 짓고 있었다. 아빠의 일생을 생각해보면 자라나, 공부하고, 석탄 캐고, 결혼하고, 아들 낳고, 병에 걸려, 죽었다. 심지어 더 간단하게 줄일 수도 있다. 태어나서 죽었다. 모든 사람이 그렇다. 심문이 교착 상태에 빠진 노땅도 그렇고, 그 옆에 있는 나도 그렇다.

그는 액자를 흔들며 격한 어조로 말했다. "누가 너를 먹이고 키운 줄은 아나?"

나는 대답하지 않았다.

"이분이시다." 그는 말을 이어갔다. "너를 키우느라 이분이 어떤 벌을 받았는지는 아나?"

"암에 걸렸다." 그가 자문자답했다. 이어서 세상 부모의 가련한 마음이 어쩌고 하는 썰을 한참 풀다가 마지막에 한마디로 정리했다. "아빠에게 낯을 들 수 있겠나?"

"낯을 들 수가 없죠."

그는 자리에 있던 사람들을 향해 고개를 돌렸다. "그래 안 그래? 부모 없는 사람이 어디 있어? 이런 짓을 벌이고도 하늘에 있는 그분들 혼령에 낯을 들 수 있겠나?" 그들은 어리둥절하게 눈치만 보다 하나둘씩 동의를 표시했다. 내 생각에 이 게임은 너무 수준 낮다. 잠시 후 그는 초상을 단정하게 내 눈앞에 들이밀며 내가 뉘우치기를 요구했다. "아빠한테 속에 있는 이야기 좀 털어놓으면 안 되겠니?"

"안 돼요."

그를 제외한 모든 경찰이 나의 이 대답을 마음에 들어하는 것이 느껴졌다. 나는 미소를 띠며 한 번 더 강조했다. "절대로." 이 말을 들은 우리의 2급 경위는 의자로 무너져 앉으며 씩씩거리면서 개새끼만 연발했다. 심문이 끝날 시간이 다가왔음이 느껴졌다. 과연 그가 자리에서 일어서더니 손을 내저으며 분노에 찬 고함을 질렀다. "꺼져."

게임

> 그 이후 내가 왜 살인을 저질렀는지가
> 파라오의 수수께끼처럼 사람들의 흥미를 끌었다.

그 이후 내가 왜 살인을 저질렀는지가 파라오의 수수께끼처럼 사람들의 흥미를 끌었다. 그들은 남들보다 자신이 똑똑한 걸 증명할 기회라도 잡은 듯 신나게 꼬리에 꼬리를 무는 온갖 이유를 찾아냈다. 게다가 지레짐작만으로 그치지 않고 내 편지나 교과서를 뒤지거나 학교 동기, 친척, 선생님을 조사하기도 했다. 그러나 그들은 좌절감만 안고 돌아서야 했다. 미리 패를 깔 필요 없이 조금 더 놀아주는 것도 괜찮겠다 싶었다.

감방 동료들은 심지어 나에게 질투를 느끼기도 했다.

일반적으로 구치소에 수감된 인간들은 죄다 정상이 아니다. 그들에겐 은밀한 자존심이 있어 자신이 저지른 범죄에 대해 자세히 이야기하는 걸 원치 않았다. 그냥 과음해서 가슴 아픈 실수를 저질렀을 뿐이라는 식이다. 그런데 범죄마다 서로 다른 위세를 지켜주려고 서로들 신경 쓰곤 했다. 예를 들어 살인은 절도보다 더 기세등등할 수 있었다. 나한테도 물어보기에 사람을 죽였다, 죽은 다음에 서른일곱 번을 더 쑤셨다, 창자가 세탁기에 가득 흘러넘쳤다고 대답했더니 다시는 집적거리지 않았다.

그들은 내가 툭하면 심문받으러 나가는 것이 거슬렸던 모양이다. 그럴 때마다 그들은 휘파람을 불며 "또 얻어터지겠군" 따위의 아리송한 말을 뱉었다. 체면이 깎인다고 생각했던 모양인데, 그들은 일찌감치 싹 다 불어 심문하고 자시고 할 게 없었다.

어느 날 밤 나는 거의 유령처럼 소리 없이 벽 모퉁이로 갔다. 그들은 담요를 덮고 벽을 향해 누워 코를 골고 있었다. 내가 막 물건을 꺼내 오줌을 누려는데, 어느새 나를 빙 둘러싼 채 내 머리를 팔로 휘감아왔다. 비슷한 사례를 들은 것 같아 극도의 공포가 느껴져 풀쩍 뛰며 고함을 질렀다.

그들이 내 입을 막을 뻔했다.

귀싸대기를 얼마나 맞았는지 모르겠다. 거의 농민들이 도리깨로 타작하듯이 맞았다. 그런 다음 그들은 오줌통을 들어 내 얼굴에 오줌을 부었다. 엄청난 기세로 쏟아진 그것은 액체라기보다는 진득한 고체 비료 같다고 느껴질 정도였다. 무게를 이기지 못하고 순간 머리가 앞으로 꼬꾸라졌다. 방장이 내 머리카락을 확

낚아챘다. 목이 부러지는 줄 알았다.

"여기가 어디라고 거들먹거려?" 그가 말했다.

"왜 죽였냐?" 바로 질문이 이어졌다.

나는 대답을 거부했다. 방장의 주먹이 내 안면으로 날아오고 있었다. 짱돌이 휙 날아오는 살기가 느껴져 온몸이 떨려왔다. 나는 다급히 외쳤다. "숙모, 숙모 때문입니다."

"숙모?"

"네, 숙모가 절 무시했어요."

"숙모가 무시하는 거랑 니 친구 죽이는 거랑 뭔 상관이냐?"

"숙모에게 증명하고 싶었어요. 제가 그렇게 호락호락하지 않다는 걸요."

그는 목소리가 싹둑 잘리기라도 한 듯 멈칫하더니, 이내 폭소를 터뜨렸다. 들판 가득 꽃이 만개한 것처럼 감방 전체가 따라 웃었다. 내 대답이 너무 가소로웠던 것이다. 그런데 또 만족스럽기도 했다. 방장이 말했다. "그럼 숙모를 죽이면 되지, 뭐 하려고 친구를 죽였냐?"

"숙모는 힘이 세서 죽이기가 쉽지 않아요."

방장은 다른 손을 뻗어 가볍게 흔들며 웃음을 그치게 했다. "처음엔 그래도 한 물건 하는 줄 알았다 이놈아." 이 말이 끝나자 모두들 배를 부여잡고 웃겨 죽겠다는 듯 "힘이 세서" "죽이기가 쉽지 않아"를 몇 번이고 따라 하며 데굴데굴 굴렀다. 나는 홍

콩 영화에서 본 장면을 떠올리며 긴 시간을 들여 조금씩 칫솔을 갈기로 다짐했다. 언젠가 살인이 가능할 정도로 날카로워지면 방장부터 시작해서 하나씩 찔러 죽일 테다. 이 결심은 원래 인내가 필요한 일이다. 그런데 바다에 나뒹굴고 있는 오줌통을 본 순간 굴욕의 눈물이 또 쏟아졌다. 이때 방장은 하품을 하며 축 처진 뱃가죽에 담요를 덮고 있었다. 나는 닦고 있던 수건을 집어던지며 오줌통을 잡아 그의 머리를 쪼갰다. 방장이 꼬꾸라졌다. 이어서 나는 빳빳이 들어올리려는 그의 머리를 향해 오줌통이 찌그러질 때까지 쉬지 않고 내리쳤다.

이제 골로 갔겠거니 생각하고 뒤돌아서 덜덜 떨고 있는 감방 동료들을 쓸어 보는데, 가증스러운 이놈의 방장이 손을 뻗어 내 바짓가랑이를 잡았다. 그는 피를 한 모금 뱉으며 말했다. "와, 와서 때려죽여." 나는 바로 오줌통을 집어 들고 다시 가격하기 시작했다. 그는 윽 하는 신음을 뱉으며 사지가 축 처졌다. "자기가 때려죽여달라고 한 겁니다." 나는 숨소리도 내지 못하는 감방 동료들을 향해 말했다. 그런데 말하고 나니 너무 나약한 느낌이라 이를 질끈 깨물며 덧붙였다. "한 놈 죽이나 두 놈 죽이나 죽긴 매한가지지." 그들은 갑자기 뭔가를 떠올린 듯 세숫대야를 두드리기 시작했다. 구치소 안은 갑자기 무당 굿하는 소리로 가득 차 시장 바닥처럼 시끌벅적해졌다.

결국 나는 독방으로 옮겨졌다.

심문 담당자가 나에게 물었다. "왜 콩제를 죽였나?"

"숙모가 미워서요."

"당신 숙모가 미운데, 왜 콩제를 죽였나?"

"숙모는 내가 못 죽여요. 그렇지만 내가 그리 호락호락하지 않다는 걸 숙모에게 알리고 싶었어요."

논리적으로 볼 때 이 이유는 상당히 억지스럽긴 하지만, 그렇다고 완전히 말이 안 되는 것도 아니다. 설득력을 높이기 위해, 사실 하는 김에 콩제를 강간하려 했었다 따위의 몇 가지를 부연해나갔다. 옆집 허씨 노인도 끌고 들어와 마치 숙모랑 오랫동안 내통해온 것처럼 보이도록 그 둘이 나를 얼마나 괴롭혔는지를 날조해냈다. 마지막으로, 숙모가 생각이 촌스럽고 자기 이익만 챙기는 사람이라고 진술했다. 그들은 눈빛을 반짝였다. 뒤의 몇 단어 때문에 원래 느슨했던 논리가 제법 튼튼하게 받아들여졌음을 알 수 있었다. 나는 흡족했다.

성인 남성은 쉽게 죽일 수 없다. 바람 쐬러 나가는 시간에 보니 방장이 부축을 받으며 걷고 있었다. 얼굴이 시퍼렇게 부어 있었다. 나를 바라보는 그의 눈빛은 원한을 갚을 수 없어 미칠 것 같은 초조로 번뜩였다. 그것은 거짓이 아닐 것이다. 만약 간수가 지켜보고 있지 않다면 그는 사형을 당할 셈 치고 나에게 달려들어 목 졸라 죽였을 게 분명했다. 나는 그를 곁눈질하며 윙크를 날렸다. 이렇게 해야 그의 건강에 해로울 것 같았다.

며칠 후, 나는 회의실로 안내되었다. 앉아서 한참을 기다려야했다. 문을 열고 들어선 사람은 노안경을 끼고 한 올 흐트러짐없는 백발의 어떤 남자로, 연신 교도관들에게 허리를 숙이고 "좋아요, 좋아요" 하며 알랑거리고 나서야 기어들어왔다. 상당히 안좋은 인상의 등장이었다. 권력의 앞잡이 노릇이나 하던 놈이란느낌이 왔다.

그는 마치 예전부터 알아왔다는 듯 공손하게 어디 앉으면 좋을지를 물었다. 어디 앉든 무슨 상관이냐고 했더니, 나에게 아무 스트레스도 안 주고 싶어서 그랬다고 대답했다. 그는 의자를옮겨 내 맞은편에 앉았다. 그러니까 그가 왜 물어봤는지 알게 됐다. 그 자리에 앉으니 내 몸 전체가 그의 시선 아래 있다는 느낌에 굉장히 불편해졌다. 그러나 나는 아무런 말도 하지 않았다.

"긴장 풀어도 돼요." 그가 말했다. "저는 경찰도 아니고 판사도 아니라서 법적으로 당신에게 제재를 가할 수 없고, 또 어떤식으로든 도덕적인 평가도 하지 않을 생각입니다. 저는 예순넷먹은 노인이고 당신은 열아홉밖에 안 됐지만, 나이 때문에 우리사이의 대등한 관계가 영향을 받진 않을 겁니다. 우리 허심탄회하게 이야기해봅시다. 이렇게 특별한 곳에서 속마음을 털어놓을수 있는 것도 인연이라면 인연이겠죠."

나는 그가 내미는 명함을 받았다. 다음과 같이 쓰여 있었다.

시市 교육학회 부회장, 성省 가정교육연구회 연구원.

명함을 살피는 걸 보며 그가 말했다. "그냥 평범한 직책입니다." 그런 다음 호주머니에서 담배를 꺼내며 나도 한 대 피울 건지 물었다. 묵묵히 받아드니 그가 라이터로 불을 붙였다. 어떤 영화에서 불 붙여주는 상대의 목을 수갑 줄로 졸라매 인질로 삼는 장면이 떠올랐다. 라이터는 한참을 켜도 불이 붙지 않았다. 그래도 그는 인내심을 가지고 계속 눌러댔다. 이것 때문에 그의 인상이 좋아지기 시작했다. 어쩌면 내 내면의 진실한 생각을 그에게 이야기해도 되겠다 싶었다. 이 생각은 거의 수학적인 미와 미가 가져다주는 적정치가 있어 반드시 믿을 수 있는 지음이 들어야만 했다. 그는 듣기만 하면 되었다.

그는 가방에서 루스리프로 철한 자료 더미를 꺼내 침을 묻혀가며 뒤적이다 빨간 펜으로 표시된 내용이 나오면 한쪽으로 뺐다. 그렇게 분주하게 자료를 정리하는 사이 나는 고독하게 담배를 빨았다. 정말 오랜만에 피워보는 담배였다. 이 담배 맛이 원래 이런 건지 잘 모르겠는데, 살짝 똥맛이 났다. 나는 저질 맥주를 밤새 들이부은 것처럼 머리가 어지러워졌다. 햇빛이 창문을 통해 쏟아져 들어왔다. 감방에 있을 때는 수도 없이 갈망했던 햇빛인데, 지금은 너무 따갑고 간지럽기만 했다.

한참을 그렇게 뒤적인 후에야 자료를 탁자 위에 탁탁 털며 간추렸다. 고개를 든 그는 음 하는 소리와 함께 왼손 다섯 손가락을 모으며(모기라도 잡은 줄 알았다) 말했다. "당신 생각에 이 사건은 개별적인 사건인가요, 아니면 보편적인 사건인가요?"

"개별적인 사건이죠."

"그래요. 그냥 보기엔 개별 사건입니다. 그러나 개별과 보편은 대립 통일적 관계입니다. 보편성이 개별 속에 깃들어 있고, 개별은 또한 보편성을 구현하죠. 우리는 반드시 이 속에 있는 원인을 찾아야 합니다."

대화의 관계가 무너졌다. 말이야 틀린 게 없지만, 아무 영양가 없이 옳기만 한 말이다. 게다가 왜 여기까지 와서 자기 학문을 과시하는 건지도 잘 모르겠다. 그의 목소리는 양처럼 순해서 상대를 따뜻하게 하는 부드러움이 있었고, 생김새도 선량하여 경청하는 역할에 제격인 사람이었다.

생각대로 그는 내가 다섯 살 이전에 누구와 살았는지를 물어왔다.

"할아버지 할머니랑요."

"당신은 그들에게서 무엇을 받았나요?"

"사랑이요."

"어떤 형식의 사랑이었죠?"

"응석이죠."

"어느 정도로 응석을 부렸나요?"

내가 입에서 나오는 대로 여러 감동적인 이야기를 지껄였더니, 펜을 바쁘게 놀리며 기록해나갔다. 이야기를 잠깐 멈추는 틈틈이 그는 자료에 줄을 그으며 골몰했다. 무슨 수학 문제라도 푸는 줄 알겠다. 이런 식으로 답을 도출해낼 수 있을 것처럼 구는 꼴을 보자니 갑자기 아래로 보이기 시작했다. 조금만 머리를 굴려도 다섯 살 이전을 그렇게 많이 기억할 수 없다는 건 뻔하지 않은가. 뒤이어 나는 그가 바라는 대로 짧은 일생을 돌이켜보며 언제 부모에게로 돌아가고 언제 또 떠났는지, 어떤 식으로 시골, 중소 도시, 대도시로 전학을 다녔으며, 점점 커져만 가는 스트레스와 갈등 속에 어떻게 임계점에 다다르게 되었는지를 들려줬다.

"당신을 중심으로 한 생활 환경에서 벗어나는 것이 당신에게 유리했습니까, 불리했습니까?"

"장점보다 해로운 게 많았죠. 그래서 콩제를 죽였습니다." 내가 이렇게 말을 마치자, 뒤따라 기록하던 그의 펜도 신나게 뛰어오르다 마지막에 가서는 펜으로 노트를 쿡쿡 찔러댔다. 일을 마치자 그는 일어섰다. 마치 신약 배합에 성공한 과학자나 대표작을 집필한 작가라도 된 양 창조의 거대한 희열 속으로 빠져들었다. 경찰이 막아서지 않았다면 그는 아마 나를 꽉 껴안았을 것이다. 온 힘을 짜내어 고통스럽게 이 희열을 억제하며 일부러 애잔한 표정으로 말했다. "당신은 말입니다, 전형적인 애정결핍 왕자님입니다."

"아뇨. 저는 구세주입니다."

나는 그를 향해 손을 털어냈다. 바닥없는 혐오와 실망이 마음 속에서 교차했다.

이틀 후, 나는 다시 회의실로 안내되었다. 그곳에는 카메라가 설치되어 있었다. 마치 높은 단상에 올라 옷자락이 바람에 나부 끼고 발 아래로 수천만의 관중이 목을 빼고 기다리고 있는 듯한 장중한 압력이 느껴졌다. 나는 습관적으로 뒤로 기대어 늘어지 게 앉는 편인데, 이때는 허리를 곧게 펴서 위축되거나 경박스럽 게 보이지 않도록 했다. 나는 완전히 다른 자신을 연출하기 위해 애를 썼다.

긴장 국면을 해소한 것은 맞은편에 앉은 여기자였다. 회의용 테이블은 이미 옮겨져 그녀와 나 사이에는 아무런 장애물이 없 었다. 그녀는 고데를 한 단발머리에 새하얀 피부, 살짝 통통하고 동글동글한 얼굴이었다. 회색 정장 상의에 진한 남색 치마를 입 고 상반신을 앞으로 살짝 굽히며 열 손가락을 교차시켜 꼬아 올 린 무릎에 걸친 채 나를 향해 미소 지었다.(마치 미소가 신체 기관 이라도 되는 양 입가에 돋아 있었다.) 머리를 들어올려 나를 살짝 우 러러보는 시선을 유지했다. 그녀의 시선은 줄곧 나에게서 떠나 지 않았다.

마법에 걸린 듯 갑자기 다 털어놓고 싶은 강렬한 충동이 샘솟았다. 나는 그녀의 지시만 기다렸다. 그녀는 고개를 끄덕이며 말했다. "너무 카메라 의식하지 마세요."

"네." 수줍음마저 느껴졌다. 그녀의 치아는 희고 가지런했으며 말투는 온화했다. 잎사귀에 일렁이는 바람처럼 낮게 깔리면서도 착 달라붙어 글자 하나하나 또렷하게 귀에 박혔다. 그녀는 오늘 자 신문을 건네주었다. 그 교육학회 부회장이란 인간이 인터뷰에서 내가 살인한 원인으로 세 가지를 지목했다. 첫째, 가정교육의 실패, 둘째, 대입 학력고사로 인한 스트레스, 셋째, 사회적 환경의 나쁜 영향. 동시에 그는 유사한 사건을 방지하기 위한 대안을 세 구절로 정리했다. 첫째, 파악과 이해, 둘째, 세심함과 인내심, 셋째, 평등과 대등.

그녀가 물었다. "어떻게 보세요?"

"헛소리죠." 나는 이미 그녀의 의도를 짐작했다. 과연 그녀는 만족스럽다는 듯 웃었다.

"그렇다면 당신이 생각하는 주된 원인은 무엇입니까?"

"화해, 저는 화해하고 싶었습니다."

"무슨 화해죠?" 그녀는 고개를 끄덕이며 눈에서 격려하는 불빛을 쏘아댔다. 그 눈빛에 나는 계속 말하고 싶어 안달이 났다. 실제로 몇 마디 이야기를 시작했다. 그런데 갑자기 회의실에 어떤 중년 남성이 뛰어들었다.(마치 낯선 수사자가 암사자와 나만의 영지에 제멋대로 침입한 느낌이었다.) 그는 쪽지를 건넸다. 그것을 본 뒤 그녀는 의자에 비스듬히 기대며 밖으로 나가는 남성과 비밀스러운 눈길을 주고받았다. 그녀와 나는 더 이상 아무 관계도 아니라는 느낌이 들었다.

나는 입을 닫았다.

"무슨 화해죠?" 그녀는 방금 내가 해준 이야기를 전혀 기억하지 못한 채 불안한 눈빛으로 물었다.

"별거 아닙니다." 나는 대답했다.

바로 말을 이어갔다. "한동안 당신이 사촌누나 같다고 생각했어요."

그녀는 상당히 흥미진진하다는 듯 머리를 앞으로 기울여왔다. 이보다 더 가식적인 태도는 없는 것 같았다. 원래 나는 그녀가 사촌누나처럼 믿을 만하다고 생각했는데, 이제야 보이기 시작했다. 그녀의 모든 진정성은 기술적인 층위에 머물러 있었다. 그녀는 나의 대답을 사취하려 한다. 그녀의 동작 하나하나가 그 목적을 이루기 위해서였다. 심지어 아침에 화장하는 방식까지 이 목적에 맞췄다. 일단 내가 모든 걸 털어놓는 순간 그녀는 뒤도 돌아보지 않고 일어나 동료와 하이파이브를 할 것이다.

"방금 하던 이야기를 계속하시죠." 그녀가 말했다.

"딱히 할 이야기 없어요." 내가 말했다.

분위기가 거북해졌다. 아마 그녀도 예상하지 못한 전개일 것이다. 이어서 임무를 완수하기 위해 그녀는 별 상관도 없는 질문들을 던지기 시작했다. "다른 사람 집에 사는 건 어떤 느낌인가요?"

"한 가지만 말씀해드리자면, 당신이 상상하는 그런 식은 아니란 겁니다. 맨날 불똥만 튀고 그랬겠습니까?" 이 대답은 내가 그녀에게 마지막으로 인자함을 베푼 셈이었다. 그러나 그녀는 알아채지 못한 채 황급히 질문을 이어갔다. "왜 소화기를 찾으려하지 않았나요?"

"소화기?"

"그러니까, 살인 충동을 해소할 소화기 말입니다."

"소화기란 존재하지 않아요."

"왜죠?"

"왜냐하면 모든 땅이 불타고 있는데, 소화기가 있다 한들 무슨 소용 있나요?"

"그래서 불을 더 크게 붙였나요?"

"내가 더 크게 붙인 게 아니라 그 불은 필연적으로 그렇게 컸던 겁니다."

우리는 알 듯 모를 듯한 대화를 이어갔다. 그녀는 시간을 다채운 듯 나를 내팽개치고 혼자서 카메라를 향해 쪽지를 읽어 내려갔다. 억지 감동을 짜내는 목소리였다.

찬란하게 꽃다운 시절, 활짝 핀 아름다움이

홀연 이러한 최후를 맞았구나.

우리의 마음이, 얼마나 고통스러운지.

얘야, 우리는 알 수가 없구나,

네가 왜 그렇게 해야 했는지,

들리지 않니? 엄마의 피의 절규가 들리지 않니?

얘야, 우리는 고통스럽구나.

우리는 진정, 진정 알 수가 없구나,

네가 왜 그렇게 해야 했는지.

나는 울고만 싶었다. 애초에 누가 이따위 엉터리 시를 지어 바칠 줄 알았더라면, 차라리 살인을 안 했을 텐데.

수감

아무 할 일 없고 무슨 일이 있어도
금방 끝내버릴 이 좁은 감옥에서, 나는 항상
시간이 팔을 활짝 벌린 채 다가오는 것을 똑똑히 바라봤다.

　그 후 아무도 나를 찾지 않았다. 나는 족쇄와 수갑을 가지런히
한 채 곰처럼 오래오래 감옥에서 대기했다. 너무 오래 앉아 있다
보니 자신이 차가운 땅바닥에 붙어 건물의 일부가 된 기분이 들
때도 있었다. 언젠가 듣기로 죄수들이 개미 한 마리와 오후 내도
록 놀다가 나중에는 암수를 구분해낼 정도가 된다던데, 여기는
벌레도 한 마리 없다. 그래서 나는 줄곧 바지 속에 손을 집어넣
어 대충 됐다 싶을 때 그냥 쌌다. 정액이 손에 흘러넘쳐 어시장
의 비린내를 풍겼다. 그것을 발바닥에 아무렇게나 닦았다. 한없
이 맥이 풀렸다. 무슨 쾌락을 얻기 위해서 그러는 게 아니었다.

그냥 아무 할 일이 없었다.

나는 간수에게 큐브를 하나 달라고 요청했지만 거절당했다. 별로 과분한 요구도 아니지 않느냐고 하자, "내가 그걸 주면, 널 가두는 게 무슨 의미가 있냐?"라는 대답과 함께 작은 철창을 닫았다. 나는 철창을 거세게 치며 말했다. "큐브 좀 만지작거리는 거랑 나를 가두는 게 무슨 상관이랍니까?" 그는 거들떠도 보지 않았다. 다음 배식 시간에 내가 다시 이 문제를 거론하자 그가 말했다. "큐브 가지고 노는 게 네가 바라는 생활이라면, 그걸 줘서 우리가 어떻게 너를 징벌할 수 있겠냐?" 생각해보니 그도 그랬다.

이때 내가 늘 가슴에 담아두고 떠올리던 장면은 창밖의 자유로운 하늘이 아니라 청산에서 체포되던 시점이다. 그때 난 형사를 밀어 넘기거나, 도로를 질주하며 돌이나 식칼로 행인을 해칠 수도 있었다. 그랬다면 현장에서 총살당했을 텐데. 지금 나는 혼자서 거대한 시간에 맞설 수밖에 없다. 여행, 노동, 전쟁, 섹스 등 인간 세상의 모든 일에 육신과 시간의 직접적인 접촉을 가로막는 장벽이 있다. 그러나 여기, 아무 할 일 없고 무슨 일이 있어도 금방 끝내버릴 이 좁은 감옥에서, 나는 항상 시간이 팔을 활짝 벌린 채 다가오는 것을 똑똑히 바라봤다. 시간은 엄청난 위력을 가졌으며 빈틈이 없고 모든 곳에 존재한다. 육신을 가진 모든 존재에게 있을 감정이 없다. 너의 참회를 듣지도 않고 너의 슬픔을 봐주지도 않는다. 그저 산사태나 만조의 파도처럼 온 방 안을 가득 메우며 너를 파묻고 능지처참시킨다. 그것이 너를 파묻어 온몸이 그 무게에 짓눌릴 때 그것은 한 덩어리였고, 그것이 너를 능지처참하여 피부 곳곳을 칼로 도려낼 때 그것은 예리했다. 그것은 저항할 수가 없으며, 당신을 지극히 천천히 죽음으로 몰아넣는다. 생각이 여기에 이르자 나는 아빠가 떠올라 눈물이 그렁그렁해졌다.

아빠가 죽기 전에 있던 병실은 이 감옥과 비슷했다. 좁고 어둡고 축축했다. 바닥은 쥐 가죽을 덮은 듯 조용히 악취를 뿜고 있었다. 한번은 오랫동안 의식이 없다가 조용히 깨어나 내 손을 잡으며 말했다. "어째 저쪽 모서리에 하얀 두루마기를 입은 남자가 앉아 있는 느낌이 들어. 아는 사람 같기도 하고 아닌 것 같기도 하고. 단순한 사과를 하나 먹고 있어, 혹은 단순하게 사과 하나를 먹고 있다고 해야 하나. 저 입에서 나오는 빠지직 하는 소리가 안 들리니? 그는 등을 벽에 붙이고 눈을 지그시 감은 채 한 가지 생각만 하며 먹어도 먹어도 끝이 없는 사과를 먹고 있어. 마치 어떤 시점이 되면 일어서려고 기다리고 있는 것 같아. 벌떡 일어나 먹다 남은 사과를 집어던져 발바닥으로 밟아버릴 거야. 그는 그 시점만 기다리고 있는데, 그게 어느 시점인지 너는 모른다."

"그는 사신이야." 아빠가 바로 이어서 말했다. "말해주고 싶은 게 있다. 죽음은 번개나 감탄사가 아냐. 순식간에 다가와 사납게 찌르는 검 같은 게 결코 아니란 말이다. 그건 하나의 과정이야. 모든 기관이 차례로 고장이 나고, 온수팩이 얼음이 되어가는 과정 말이다. 그것이 천천히 다가오는 걸 감내하는 것보다 더고통스러운 일은 없구나. 애야, 지금 내가 가장 바라는 건 누군가 맞은편에 누워 나랑 같이 죽는 거다. 그런데 인류 역사상 그런 일이 벌어진 경우는 거의 드물지. 내가 보고 있는 건 건강하고 성장하는 너희들이다. 너희는 억지로 눈썹을 찌푸리고 눈물을 흘리지만, 사실 너희는 뼛속까지 경쾌하고 활발한 기운을 내뿜고 있지. 너희 몸 어디 하나 비 온 뒤 새싹처럼 생기발랄하지 않은 곳이 없어. 나는 이미 쇠약해졌다. 너희가 오면 이 사실을 가중시킬 뿐이야. 너희는 나를 감방에 가두고, 자신은 바깥에서 유치원 꼬마들처럼 둘러앉아 노닥거리는 거나 마찬가지야. 그노니는 웃음소리가 거대한 쇠절구로 변하여 하늘에서 조금씩 내리누른 결과 나는 바닥에서 꼼짝도 못하게 되었다. 너희는 나에게 수치를 안겨줬어. 우리 사이의 거리는 멀고도 멀다. 다들 꺼져. 아니면 총으로 나를 죽여버려라."

평생 뜻을 이루지 못한 이 시인은 몇 차례 탄식을 하더니, 마지막에 가서는 혐오스럽다는 듯 나를 밀쳐냈다. 나는 문 밖으로 향하며 억울해서 고함을 지르고 싶었다. 생, 로, 병, 사가 모두 빌어먹을 치욕이었다. 하나같이 아닌 게 없었다. 그러나 엄마가 들어오니 아빠는 그녀의 품에 파고들어 끝도 없이 울기 시작했다. 엄마는 위로하는 말 한마디 할 줄을 몰랐다.

수감 생활을 하는 동안 나는 우선 바깥세상과 발을 맞추려 바닥의 먼지를 묻혀 벽에 금을 쳐가며 날짜를 기록했다. 그러다 귀찮아져서 그만뒀다. 곧 죽을 건데 기록이 무슨 소용 있나? 그 때문에 시간이 굉장히 혼돈스러워졌다. 어떨 때는 며칠이 하루처럼 느껴질 때도 있고, 또 어떨 땐 하루가 무수한 나날로 변할 때도 있었다.(마치 유리가 무수한 조각으로 깨져 바닥에 나뒹구는 것 같았다.) 어떨 때는 밤이 찾아오지 않기를 바라고 또 어떨 때는 좀더 일찍 오기만을 갈망한다. 그때가 이미 한밤중이라고 해도 마찬가지였다. 끝도 없는 꿈에 빠져들기 시작했다. 한번은 꿈에서, 침상에 누워 있다 일어나 누군가를 보려고 하는데 몸이 꼼짝달싹하지 않았다. 그는 내가 염려하고 있고 또 나를 염려하는 유일한 사람이다. 우리는 서로 아무 불만이 없었다. 그런데 그에게는 얼굴도 없고 이름도 없었다. 세상 모든 사람 속에서 고통스럽게 뒤져봤지만 이러한 인물은 발견할 수 없었다. 그러나 그가 구름과 숲을 헤치고, 어쩌다 번뜩이는 번개처럼 날개를 펼치며 날아올 때면, 나는 그보다 더 친숙한 사람은 없다는 느낌이 들었다. 그가 몸 위의 비늘을 털어내면 바닥에 맑은 물이 떨쳐진다. "나는 네 꿈을 꿨어. 그래서 널 보러 온 거야."

"넌 누군데?"

"나는 네 꿈 속 사람이야."

"그럼 나는 누군데?"

"너는 내 꿈 속 사람이야."

"너 이 세계에 존재하니?"

"존재하지 않아."

"그럼 나는?"

"너도 존재하지 않아."

"그런데 네가 내 손을 꼬집으니, 정말로 아파오는데."

"우리는 결코 존재하지 않아."

"나는 죽을 거야."

"내 꿈에서 네가 죽는 걸 봤어. 나는 네가 안 죽는 꿈도 꿀 수 있어."

"그럼 내가 안 죽는 꿈을 꿔."

"마찬가지야."

깨어난 뒤 생각해보니 꽤 재미있었다. 그래서 자신이 작품 속 인물이 되는 상상을 시작했다. 나는 어떤 작가가 등을 구부정히 한 채 스탠드 불빛 아래 앉아 백지 위에 나의 이름을 쓰는 장면을 떠올렸다. 그 이름을 중심으로 옷, 집, 학교, 거리, 친구, 성격, 사건, 운명을 더하여 복잡하게 뒤얽힌 그물을 직조해내는 것이다. 나는 또 반대로 작가의 모든 것을 엮어봤다. 나는 매번 생각이 치달을 때 스스로에게 속도를 늦추라고 명령했다. 그랬더니 마지막에 가서는 그가 글을 쓸 때 듣는 노래까지 생각해놓을 정도로 촘촘해졌다. 그는 음악 보관함에서 수십 곡을 골라 하나씩 듣는다. 그러다 '실버 스프링스Silver Springs'에 이르러 창작의 리듬을 찾은 느낌을 받는다. 몇 구절 써보지만 뭔가 잘 안 풀린다. 큰 소리로 낭독해도 도저히 마음에 안 들어 폭군처럼 모든 문장을 지워나간다. 그러다 자기 생각에도 너무 잔인하다는 생각이 들어 멈칫하며 혼자 중얼거린다. "요 정도로 하자, 요 정도만. 자신을 용서할 줄도 알아야지." 이어서 그는 과감하게 써내려간다. 간신히 영감이 떠올라 온몸을 활활 불태우려 할 때 친구의 전화가 온다. 그는 갖가지 궁색한 이유를 들어 거절하지만, 점점 더 많은 친구가 수화기 너머에서 따지고 든다. 한숨밖에 안 나오는 어쩔 수 없는 상황에 이를 빠득빠득 갈며 허둥지둥 응대한다. 그렇게 기분 맞춰주는 시늉만 하다 한밤이 된다. 겨우 벗어났을 때, 그토록 어렵게 찾아온 영감은 저 멀리 달아난 뒤다. 그는 책상에 죽치고 앉아 영감의 끝자락이라도 다시 불러보려 애쓰지만, 아무 흔적도 찾을 수 없다. 텅 빈 두 손을 허공에 펼친다. 모든 걸 잃어버린 듯한 아쉬움에, 울고 싶은데 눈물도 나지 않는다. 그는 종이 속 나에게 말한다. "낮에 회사에서 머리도 체력도 모조리 고갈된 상태로 돌아와, 어렵사리 짜내고 짜낸 힘을, 그 개 같은 놈들이 몽땅 앗아갔어. 왜 나에게 딱 하루도 온전하게 허락하지 않는 거야? 왜?"

나는 되레 이렇게 따졌다. "당신은 남은 생명을 모조리 나에게 쏟아부어놓고, 또 뭘 어쩌자고 날 죽이려는 건가?"

"당신은 죽어야만 더 오래 살 수 있습니다."

"그렇다면 좋아, 내 지금 당장 너를 죽여주지. 어차피 하나 죽이나 둘 죽이나."

"아뇨. 당신이 나를 죽인다 해도 나는 자신의 원칙을 배신하지 않을 겁니다." 그는 어금니를 꽉 깨물고 숨을 씩씩 몰아쉬며 굳은 의지를 내보였다. 그 모습이 가소롭기 짝이 없어 그냥 머리를 한 번 쓰다듬어주고 날아가버렸다.

나는 이렇게 내 안의 두 자아를 서로 싸우게 하며 적지 않은 시간을 보냈다. 우리 인류에게는, 보이지 않는 다른 차원에 잠들어 있는 또 한 사람이 있는데 그가 우리를 만들어내는 게 아닌가 하는 생각이 들었다. 나는 섹스로 이러한 자아 번식 절차를 부정해보려 했지만, 어느 순간 섹스 또한 꿈이 만들어낸 것임을 알게 되었다. 그가 섹스를 요구해서 인류가 섹스를 하게 된 것이다. 또 이런 생각도 들었다. 인류는 이미 예전에 멸망했다. 복잡다단한 지금의 우리는 그저 명나라 때나 송나라 때 어떤 무녀가 거울 속에 집어넣은 환상일지도 몰랐다. 더 구체적이고 미세하게 들어가면, 나라는 존재는 10만 개의 나 중 하나인 게 아닌가 하는 생각이 들었다. 나는 거의 모든 부두에서 또 다른 나를 만날 수 있다. 아무 생각 없이 목수를 하고 있을 수도 있고, 상파울루로

가는 비행기를 타고 있을 수도 있으며, 사형 집행 행렬을 뒤따르며 구경거리를 찾아 헤맬 수도 있다. 또 어떨 땐 미래의 한 자손이 수직 이착륙기를 타고 와 쇼생크 탈출을 시켜주는 상상도 해봤다. 그는 이렇게 말한다. 만약 나를 데려가지 않으면 미래에 그가 존재할 수 없다고. 그런데 비행기에서 곰곰이 생각해보더니, 하늘 끝까지 날아올랐을 때 갑자기 뭔가를 깨달은 듯 말한다. "사실 저는 당신의 정자만 가져가면 되는 거였네요."

나는 이렇게 낮이고 밤이고 할 것 없이 복잡하고 무한한 생각의 선 위에 누워 흥분에 들떠 먹지도 마시지도 않았다. 누군가 만약 이때 감옥 문을 열어 나를 석방시켜줬다면, 어쩌면 격노했을지도 모르겠다. 이렇게 말했겠지. 어디 가서 이렇게 조용한 곳을 찾을 수 있단 말인가? 일도 안 해도 되고, 공짜로 먹고 마실 수도 있고. 나는 여기보다 인류와 우주에 대해 사고하기 적합한 곳은 찾을 수 없을 것이다. 그러다 계속된 불면의 끝자락에서 대성통곡이 터져 나왔다. 나는 사건을 벌이기 전에 이 방법을 생각해내지 못한 걸 후회하기 시작했다. 만약 그 당시에도 이랬다면 남들에게도 편하고 나에게도 편하게 무독 무해한 삶을 영위할 수 있었을 것이다. 그러나 잠시 후 깨달았다. 내가 지금 이렇게 자족하면서 지낼 수 있는 것 또한 내가 곧 죽을 것임을 알고, 어디에도 갈 수 없게 통제당하고 있기 때문이었다.

어느 날 간수가 동정심을 발휘하여 신문을 한 장 건넸다. 원래는 통으로 줬다가 다시 가져가 손바닥만 한 크기만 찢어서 줬다. 그는 실실 웃으며 의기양양하게 가버렸다. 그러나 손바닥 크기면 충분했다. 거기에는 '폭탄 테러 사건'이란 제목의 훌륭한 이야기가 있었다.

"하루는 톰이 기름통에 휘발유가 남았는지를 확인하기 위해 성냥에 불을 붙였다."

나는 이 구절만 가지고 유인원 시절부터 시작되는 톰의 가족사를 생각해냈다. 이 가족의 멸문 사건에서 중세의 숨겨진 도화선을 찾았다. 나는 간수에게 고마웠다. 그는 영원히 마르지 않을 감로수를 준 셈이다.

판결

그녀는 나를 찾아왔다. 의자에서 고개를 숙인 채 아무 말도 않았다. 마치 그녀가 진짜 범인인 듯.

이 세상에서 누가 나를 걱정할까 생각해봤다. 아마도 엄마가 유일했다. 엄마는 나를 한번 보러 올 법한데, 기다려도 기다려도 오지 않아 멀리 시집갔나보다 하고 잊어버렸다. 그런데 어느 날 엄마가 왔다고 알려줬다. 딱히 보고 싶지 않았는데, 간수가 그냥 바람이나 쐰다고 생각하라고 했다. 그래서 그가 이끄는 대로 족쇄를 철컥거리며 따라갔다.

접견실 천장은 아주 높았고, 길고 두꺼운 유리벽이 죄수를 협소한 이쪽 공간에 격리시키고 있었다. 건너편 문이 열리자 자유인들이 두 팔을 벌리며 허겁지겁 몰려왔다. 엄마는 미련하게도 뒤꽁무니에서 두 팔을 축 늘어뜨린 채 마치 "안 돼요, 안 돼, 때리지 마세요"라고 말하는 것처럼 고개를 흔들고 있었다. 보고 싶은 마음이 싹 달아날 정도였다.

엄마는 나를 발견하고는 의자에 앉았다. 만두 반 토막을 넣은 비닐봉지를 무릎 사이에 부여잡은 채 아무 말 없이 고개만 숙이고 있었다. 누가 보면 그녀가 진짜 범인인 줄 알겠다. 나는 쳇! 하는 소리만 나왔다. 이때 접견실은 대합실마냥 여기저기 웅성거리는 소리로 가득 찼다. 엄마는 몇 번이고 무슨 말인가 하려다 말았다. "할 말 있으면 얼른 말해." 내가 버럭 하자, 그녀는 갑자기 벌벌 떨며 고개를 들었다.

"입 다물고 있을 거면 뭐 하려고 왔어?"

그녀는 손바닥을 펼치며 고개를 기울여 보여줬다. 눈물이 그렁그렁 쏟아졌다. 손바닥 가득 못이 박혀 돌처럼 단단하고 지저분했다. 잡초도 한 가닥 붙어 있었다. 그녀가 말했다. "부처님께 기도하고 향을 피우고 왔다."

"무슨 소용 있다고?"

그녀는 또 입을 닫은 채, 팔뚝으로 눈물만 훔쳤다. 내가 말했다. "비위생적이야." 그러자 두건을 벗어 닦았다. 갑자기 백발로 변한 그녀의 머리가 눈에 들어왔다. 얼마 전까지만 해도 새치 한두 개뿐이었다. "뭐 어떻게 된 건데?"

"하룻밤 사이 갑자기 이렇게 됐다."

아마도 내 인생에서 가장 따뜻한 순간이었다. 나는 손가락을 대화용 작은 구멍으로 밀어넣어보았지만 닿지 않았다. "엄마, 이제 자기 몸도 좀 챙겨. 남편도 구해보고. 아끼지 말고 먹고 싶은 거 다 먹고 마시고 그래. 내 말대로 해." 그러나 그녀는 온 힘을 다해 고개를 가로저었다. 얼마 후 간수가 다가왔다. 그녀는 뭔가가 생각난 듯 다급히 말했다. "말 잘 듣고, 성실하게 진술하거라. 통제도 잘 따르고." 그 말만 하고는 이끌려 나갔다. 정확히 말하자면 그녀가 이끌고 나갔다. 그녀는 접견실에서 다급히 사라졌다. 반 토막 만두도 가져가버렸다. 그렇게 떠났다. 그녀는 정말로 엄마가 아니다.

법원에서 기소서 복사본을 보내왔을 때 내가 사 개월 가까이 투옥되어 있었음을 알게 되었다. "만약 변호사를 구하지 않았다면 우리 쪽에서 한 사람 지정하겠습니다." 내가 말했다. "만약 제가 원하지 않으면요?"

"일반적으로 변호사가 필요합니다."

그럼 좋아요, 라고 말했다. 그들은 또한 거론할 만한 증거나 증인이 있으면 말해보라고 했다. 나는 없다고 대답했다. 잠시 후 변호사가 와서 똑같은 질문을 했다. 그는 쉴 새 없이 전화만 받다가 얼마 있지도 않고 가버렸다.

재판 날짜가 다가오자 그들은 족쇄를 풀고 구치소로 호송했다. 족쇄가 풀리니, 순간 가벼운 발걸음에 하늘 위로 날아갈 것 같았다. 구치소 입구에는 흰 바탕에 검은 글씨가 적힌 팻말이 걸려 있었고 철문의 대들보 위에는 유리 기와가 얹혀 있었다. 사방은 회백색 벽돌 담장으로 막혀 있고 담장 안으로 백양나무가 뻗어 들어왔다. 감시 초소에는 무장 경찰이 자동 소총을 받쳐들고 천천히 왔다 갔다 했다. 눈에 들어온 것은 이러한 풍경이었다. 오전의 햇살은 너무나 풍족했고, 하늘은 곧 산산이 부서질 쪽빛 도자기처럼 깊고도 깊었다. 오직 이 순간에만 이토록 휘황찬란함을 뿜낼 거라 생각했다.

엄마는 멀리 나무 뒤에 몸을 숨긴 채 몰래 훔쳐보곤 했다. 호송차가 출발하자 나는 엄마, 엄마 하고 외쳤지만, 들릴 리가 없었다. 엄마는 질겁한 낯빛에 멍한 눈빛으로 완전히 얼어붙어 있었다. 그 애처로운 장면은 흡사 두 손 두 발 다 잘려나간 자기 몸이 수레에 질질 끌려가는 모습을 보는 것 같았다.

법원에 도착하자 법원 경찰 둘이 나를 작은 방으로 끌고 갔다. 내 옆에 앉은 그들의 목에서 꿀꺽 하는 소리가 들렸다. 바로 옆이 법정인 듯 발자국 소리가 전해져왔다. 잠시 후 조용해지며 누군가 또박또박 규정을 읽은 후 엄숙한 목소리로 검사, 변호인, 재판장, 판사의 입장을 선언했다. 재판장은 판사봉을 치며 말했다. "피고인 입장." 그러자 이쪽 철문이 열리며 법원 경찰이 내 팔을 부여잡고 피고석으로 쏜살같이 내달렸다. 누가 보면 내 정신이 붕괴된 줄 알았겠다. 나는 제자리에 서자마자 수갑 찬 팔을 휘두르며 불만을 표시했다. 변호인이 수갑을 풀어줄 것을 요청했지만 검사가 강력히 반대했다. 그가 보기에 나는 굉장히 위험한 인물이었던 것이다.

방청석에는 열 명도 채 앉아 있지 않았다. 대부분 나에 대해 여전히 궁금한 표정이었는데, 오직 한 여자의 눈빛만은 굉장히 표독했다. 검은 치마를 입고 어깨에는 어두운 화건花巾을 두르고 팔에는 검은 상장을 찬 모습이 한 마리 삐쩍 곯은 까마귀 같았다. 나이 때문인지 피부가 축 처져 마치 불어 터진 면발이 얼굴에 걸린 듯했다. 입술을 꽉 깨물고 커다란 콧방울이 바들바들 떨리는 게 펄펄 끓는 주전자 뚜껑 보는 줄 알았다. 이렇게 추한 여자에게서 어떻게 콩제가 태어난 건지 신기하기만 했다. 첸중수錢鍾書가 그랬다던가? 계란이 맛있다고 해서 굳이 그 계란을 낳은 어미 닭이 누군지 알 필요가 있나? 이 상황에 딱 어울리는 말이다.

심리에 앞서 재판장은 아무 의미 없는 질문을 쏟아냈다. 예를 들어 나의 성명, 출생일자, 민족 출신이라든지, 내가 법적 처벌을 받은 적이 있는지의 여부, 기소서를 언제 받았는지 따위를 물은 다음 피해자의 프라이버시 문제 때문에 비공개 재판을 진행한다고 밝혔다. 글쎄, 벌써 죽은 사람에게 무슨 프라이버시가 있나 모르겠다. 재판장은 이어 명단을 읽어 내려갔다. 호명되면 혹자는 일어서고 혹자는 고개를 끄떡이며 조용히 응답했다. 나에게 어떠한 권리가 있는지를 설명한 후, 방청을 거부해야 하는 사람이 있는지 물었다. "있어요. 전부 다 거부합니다." "무슨 이유에서입니까?" 나는 이유를 생각해낼 수 없었다. "좋아요, 그냥 합시다."

절차에 따라 검사가 일어나 기소서를 한 글자 한 글자 읽어 내려갔다. 간간이 효과를 주려고 핵심 문구를 강하게 읽으며 간을 쳤다. 그러나 대체로 말이 빠른 편이었다. 이어서 콩제의 모친이 앞으로 걸어 나와 민사 소송장을 읽었다. 송장을 든 손이 떨리고 있었고 간혹 잘못 읽으면 처음부터 다시 읽었다. 그녀는 삼십이만 위안의 배상금을 요구했다. 내가 이해하는 바에 따르면, 돈과 이번 사건은 서로 충돌한다. 사람들도 딸의 죽음을 구실로 한몫 잡으려 한다고 의심할 게 아닌가. 최소한 복수의 순수성이 상당히 손상될 것이다. 그녀도 그 점을 의식한 듯 몇 마디 보충해서 읽었다. "나는 이 방식으로 당신을 파산시킬 생각입니다. 그리고 삼십이만 위안은 한 푼도 남김없이 기부하겠습니다." 나에게 파산이니 마니 할 게 뭐 있다고 그러실까.

재판장이 나에게 할 말이 있는지 물었다. 나는 대답했다. "뭘 말해야 하죠?"

"금방 읽은 소송장에 대해 무슨 이견이 있습니까?"

"없습니다. 전부 사실에 부합합니다."

변호인은 가볍게 탁자를 치며 내 태도를 문제 삼았지만 별말을 하지는 않았다. 재판장이 검사에게 심문을 주문하자, 검사는 나에게 몇몇 세목을 대조 확인한 후 말했다. "너무나 명확한 사실이라 더 이상 질의할 것이 없습니다." 그때 재판장이 콩제의 모친 쪽을 슬쩍 쳐다봤는데, 그녀는 기다렸다는 듯 기세등등하게 일어나 절규했다. "우리 딸 왜 죽였냐 이놈아!" 나는 고개를 빳빳이 들고 답변을 거부했다. 그녀는 온몸을 부들부들 떨며 광풍이 휘몰아쳐 양철판이 떨리듯 사납게 고함을 질렀다. 한참을 그러다 흐느끼며 자리에 앉았다. 법정은 일순 찬물을 끼얹은 듯 가라앉았고, 제복 입은 사람들도 눈치를 보며 귓속말만 속닥였다. 누구라도 나서서 무슨 말을 해야 할 것 같아 손을 들었다. 뒤늦게 내 편이라는 사실을 의식한 변호인이 재판장에게 신호를 보냈다. 재판장이 발언을 허락했다.

"앉아도 됩니까?"

내 말이 떨어지자 방청석이 술렁였다. 내가 무슨 못할 말이라도 한 것 같았다. 재판장은 재판봉을 치며 조용히 시켰지만 내 질문에 답변하지는 않았다. 나는 앉아도 되는지 안 되는지 판단이 안 섰다. 그런데 곧 죽을 몸인데 무슨 상관인가 싶어 그냥 앉아버렸다. 딱히 신경을 쓰지도 않았다. 검사가 법의를 요청했기 때문이기도 했다. 법의는 꽤 나이를 먹은 여성이었다. 흰 가운을 걸치고 있었고 생김새는 말라비틀어진 나무뿌리 같았다. 원래대로라면 콩제의 온몸에 몇 개의 자상이 있으며 급성 출혈에 의

한 쇼크사라는 식으로 냉정하게 감정 결론을 읽어야 할 자리였다. 그런데 그녀는 눈물이 범벅이 되어 이 이야기했다가 다른 이야기로 가지를 치며 보고를 엉망으로 만들어놓았다. 그녀는 이렇게 말했다. 집안 곳곳이 피었다, 바닥에도, 벽에도, 문 위에도, 창문에도, 모두 피로 물들어 있어 몸서리가 쳐졌다, 특히 세탁기 안에 처박힌 모습은 너무나 끔찍했다. "머리를 아래로 해서 거꾸로 처박았는데, 피가 세탁기 반을 가득 채웠습니다." 슬쩍 보니 눈물을 닦으며 엄숙히 고개를 끄덕이던 콩제의 모친은 혼절했다.

이 때문에 오전 심리가 중단되었다. 오후 심리가 재개되었을 때 콩제의 모친은 누군가의 부축을 받고 있었다. 그래도 필사적으로 들어와 원래 자리에 앉았다. 그녀는 살벌한 눈빛으로 나를 바라보았다. 한참을 그러고 있다가 갑자기 바닥에 침을 뱉었다. 나도 그녀를 향해 침을 뱉었는데, 그녀는 머리를 살짝 기울여 피했다.

오후에 가장 먼저 등장한 것은 사건 담당 경찰이었다. 검사가 물었다. "언제 현장에 도착했습니까?" 경찰은 이튿날 아침이라고 대답했다. 콩제의 모친이 갑자기 벌떡 일어나 경찰을 가리키며 외쳤다. "그럼 당신들이 신고를 받은 시간은 언젭니까?"

"출동 명령을 받은 것이 이튿날 아침입니다."

"제 말은 언제 신고를 접수했느냐는 겁니다."

"그건 저도 모릅니다."

"모른다고? 흥, 내가 알려주지. 사건 당일 저녁에 내가 신고했습니다." 재판장이 재판봉을 휘두르며 말을 자르려 했지만 그녀는 더 큰 목소리로 이어갔다. "오늘 내 기필코 말해야겠어요. 당일 저녁 6시에 제가 신고를 했습니다. 그런데 저보고 24시간 후에 다시 신고하랍디다. 이런 경우 99퍼센트는 다음 날 아침 눈뜨면 돌아와 있을 거라면서요. 제가 그랬죠, 우리 딸은 착해서 한 번도 멋대로 돌아다닌 적이 없다고. 그랬더니 뭐래는지 압니까? '그만 좀 해요. 우리가 하루에 처리해야 하는 사건이 얼마나 되는지 알기나 해요? 경찰 인력이 얼마나 되는지 알기는 합니까? 왜 이렇게 무리하게 소란을 피워요?' 물어봅시다. 당신네들이 이렇게 말했어요, 안 했어요? 또 이런 말도 했죠. '우리가 신고를 접수하지 않은 걸로 생각하시나 본데, 이 경우에 해당하는 법률 규정이 있습니다. 우리는 법에 규정된 대로 하는 겁니다.'"

이 여인은 코를 팽 풀더니 옷소매로 콧물을 닦으며 말을 이어갔다. "제가 오늘 이 자리에 계신 여러분께 물어나 봅시다. 도대체 그런 조항이 법조문에 있긴 합니까? 다들 법을 잘 아시니 말씀해보세요, 법률 조항에 그렇게 쓰여 있습니까?" 재판장이 손을 들어 검사의 심문을 재개할 것을 지시했지만, 그녀가 또 끼어들어 따지고 들었다. "그건 그렇다고 칩시다. 선생을 만나러 학교로 달려갔더니, 선생들이 당신네보다 훨씬 낫습디다. 그녀는 전화번호부를 뒤져 제 딸의 친구들에게 전화를 돌렸습니다. 그 중에 蘇씨 성을 가진 놈이 우리 딸을 쫓아 다녔다는데, 보니까 휴대전화가 꺼져 있대요. 우리는 밤새도록 그놈을 찾아다녔습니다. 찾다 찾다 날이 훤해졌어요. 이 찢어 죽일 놈을 찾아 헤매다가 말입니다." 그 말을 하면서 그녀는 저 멀리서 손가락으로 나를 찍었다. "저놈 숙모가 돌아와서, 집이 피범벅인 걸 보고 신고를 한 겁니다. 불쌍한 우리 딸은 벌써……"

여기까지 말하다 그녀는 마치 지금 막 이 불행한 소식을 들은 듯 경악한 표정을 짓다 갑자기 울기 시작했다. 모두들 어찌할 바를 몰라 눈치만 보고 있었다. 도저히 더 두고 볼 수 없는 상황이 되자 친척이 나서서 그녀를 좌석으로 끌어 앉혔다. 그러나 그녀는 또다시 소리를 질렀다. "이 일이 이대로 끝날 거 같아? 당 서기든, 시장이든 누구한테라도 따질 거야. 이 세상천지에 공정한 데가 한 군데는 있겠지." 재판장이 다급히 재판봉을 두드렸다. 상당히 의아한 장면이었다. 결국 잘못은 경찰에게 있지 나하고는 아무 상관없는 일인 것처럼 느껴졌다. 난처한 마음에 그녀를 도와 경찰에게 욕을 퍼부을까 하는 생각마저 들었다. 검사는 대충 몇 마디만 물어보고는 경찰을 퇴장시켰다. 내 변호인은 아예 물어볼 생각조차 하지 않았다.

숙모도 원래 재판장에 출두해야 하는데, 검사가 심문 기록을 읽는 것으로 대신했다. 그 뒤 두 초병이 연이어 출정했다. 벌겋게 달아오른 얼굴에 늑대처럼 서늘하게 나를 노려보는 눈빛에서 그들이 얼마나 억울했고 또 분개했는지가 드러났다. 자체 심사 과정에서 그들은 분명히 이렇게 하소연했을 것이다. "살인을 저지를 거란 걸 제가 어찌 알겠습니까?" 그런데 이 말을 누가 받아주겠는가? 그들의 상관은 아마 탁자를 치며 이렇게 말했을 것이다. "누가 그렇게 가르쳤어? 초소에서 폼만 잡고 있으면 된다고 누가 가르치디?"

앞 시간 초병은 한 여성이 기숙사에 들어왔다고 진술했고, 뒤 시간 초병은 전혀 모른다고 했다. 검사가 물었다. "교대 시간이 오후 3시 맞습니까?" 그들은 그렇다고 대답했다. 검사는 나를 가리키며 말했다. "이 사건은 계획된 범죄 행위라고 판단됩니다." 나는 일어나서 대답했다. "아니라고 한 적 없습니다." 변호인은 길게 한숨을 쉬며 찡그린 얼굴로 의자 깊숙이 물러앉았다.

잭나이프 따위의 증거물을 대조한 후 그날의 심문은 끝났다. 법원 경찰이 나를 끌고 가려는데, 콩제의 모친이 달려들어 사납게 내 얼굴을 할퀴었다. 그녀의 친척이 달려와 말리는 사이에도 계속 꼬집고 할퀴었다. 경찰은 내 팔을 꼭 붙잡고만 있었다. 만약 내가 먼저 움직이지 않았다면 그들은 나를 끌고 가야 한다는 사실마저 잊었을 것이다. 가면서 뒤돌아보니, 콩제의 모친은 응석받이 아이처럼 발을 동동 구르며 울부짖었다. "딸아, 내 딸아." 주위 사람들이 부축해 일으켰지만 그녀는 울고불고 난리를 멈추지 않았다. 이 모든 게 일종의 의식처럼 진행되었다. 그녀는 이 정도 소란도 피우지 않으면 엄마 자격이 없다고 생각한 모양이다. 그러나 그건 순수한 고통이 아니었다고 나는 확신한다. 순수한 고통은 딸의 초상만 남겨진 텅 빈 공간에 홀로 있을 때 비로소 모습을 드러낼 것이다. 그때가 되면 울고 싶어도 눈물이 나지 않고, 오장육부가 모두 사라진 것 같은 공허만 마주하게 된다.

며칠 지나지 않아 재판은 종결되었다. 변호인은 사법 정신 감정을 요청했지만, 검사 측 반론은 계획된 살인이었고, 살인 후 도주한 정황으로 봐서 정상인의 논리에 부합한다는 것이었다. 재판장은 이 견해를 지지했다. 마지막으로 할 말이 있는지를 물었지만, 나는 없다고 대답했다.

며칠 후, 나는 다시 법정으로 끌려 나왔다. 참석자 전원이 재판장을 따라 일어나 판결문 낭독을 들었다. 한참 동안 나는 신조어의 바다를 헤엄치는 느낌이었다. 한마디도 알아듣지 못했다. 이제 끝났나 싶으면 침을 묻혀가며 다음 페이지를 넘기곤 했다. 더 두고 볼 수가 없었다. "그냥 마지막 말만 해요." 재판장은 멈칫하더니 안경을 콧마루로 떨구었다. 법원 경찰이 나의 옆구리를 거세게 걷어찼다. 드디어 재판장이 마지막 구절을 읽었다. "피고인은 고의 살인죄를 범했으므로, 사형을 선고하고 정치적 권리를 영구 박탈한다. 고의 상해죄를 범했으므로 10년의 유기징역을 선고한다. 강간죄를 범했으므로 6년의 유기징역을 선고

한다. 이에 사형 집행과 정치적 권리의 영구 박탈을 결정한다."
말이 떨어지자마자 법원 경찰은 내 옆구리를 또 한 번 있는 힘껏
걷어찼다. 나는 짐짓 쓰러지는 모양새를 취했다.

　이제 가도 되겠거니 했는데, 재판장의 말은 아직 끝나지 않았
다. "피해자 가족이 제기한 민사 소송에 대해 법원은 피고인의
경제적 수입이 없고 배상할 재산이 없어 배상 능력이 되지 않는
점을 고려하여 배상을 면할 것을 선고한다." 뒤쪽의 누군가가 의
자에 털썩 주저앉는 소리를 분명히 느낄 수 있었다. 법원이 나에
게 판결을 선고했다기보다 그녀를 판결했다고 해야 옳을 성싶었
다. 법원은 그녀에게 미안해야 한다. 그녀의 딸을 죽인 게 좀 후
회되었다. 그러나 만약 바로 이처럼 살인하면 안 되는 사람을 살
인한 게 아니라면, 살인한들 무슨 의미가 있었겠는가?

상소

어떤 소설 속 등장인물처럼
바다로 가서 빠져 죽으려 했는데, 해변에서 친구를 만나
끝도 없이 응대하느라 발목 잡힌 꼴이었다.

이틀 후 엄마가 왔다. 여전히 그녀는 최대한 다른 사람을 피해
움직였지만 누가 떠밀자 이렇게 말했다. "됐어요. 아들도 곧 죽
을 마당에 빚진 것도 없고 내가 뭐가 겁나겠어요." 엄마는 나를
보자 가방에서 각종 음료수와 치킨윙 대자를 꺼냈다. "얘야, 네
말이 맞다. 먹으려고 돈 벌지, 싸 짊어지고 있으면 뭐 하겠냐."
그러나 그것들을 건네줄 방법이 없었다. 엄마는 호텔에서 주문
하듯 손을 들어 간수를 불렀다. "이것들 우리 아들한테 좀 줘요."

"죄송합니다. 모든 영치 물품은 등록해야 합니다."

"그럼 저 대신 등록 좀 해주세요."

"본인이 직접 하셔야 합니다."

엄마는 섭섭한 표정으로 치킨윙을 가방 속에 넣었다. "제비집이나 곰 발바닥 요리라도 괜찮다. 먹고 싶은 게 있으면 엄마가 뭐라도 다 해줄게. 네가 없으면 돈이 다 무슨 소용이냐."

"아껴 쓰세요. 엄마도 살아야죠. 남편도 찾고 아이도 하나 입양하고." 나는 매정하게 말했다. 그런데 그것 말고 내가 무슨 말을 할 수 있겠는가? 엄마는 분수처럼 눈물을 쏟아냈다. 이렇게 우는 사람은 처음 봤다. 엄마는 고개를 숙이며 다짐했다. "내 반드시 널 끄집어낼란다."

"불가능해요."

"그럴 리가 없어."

이제 나는 입을 닫았다. 엄마가 황소처럼 느껴졌다. 몇 달 사이에 이렇게 고집스레 바뀔 거라곤 생각지 못했다. 아마도 오랜만에 처음으로 자신이 옳은 일을 하고 있다고 확신한 듯했다. "기다려봐라." 가방을 들고 오륙 미터 성큼성큼 걸어가다 뒤돌아보며 말했다. "말라서 보고 있을 수가 없구나."

며칠 지나지 않아 엄마가 다시 찾아왔다. 이번에는 키 작은 대머리 변호사를 대동했다. "나는 뭐 어떻게 하는지 모르니까, 우리 애랑 이야기하세요." 그러자 변호사가 말을 꺼냈다. "이렇습니다. 저희는 고등법원에 상소할 생각입니다. 그러려면 당신의 동의가 필요합니다."

"상소할 생각 없습니다."

"당신 권리인데 왜 안 하려고 하죠?"

"아니까요."

"제 성은 리季입니다. 리 변호사가 죽음의 문턱에 있는 사형수 여럿 건져낸 거 모르는 사람이 없어요."

"알겠지만, 필요 없다고요."

엄마는 손으로 유리를 두드리다 이 말을 듣자 갑자기 머리를 찧기 시작했다. 엄마의 눈, 코, 입이 완전히 뒤틀리며 물러섰다 가 다시 부딪혀왔다. "무조건 내가 하자는 대로 해." 그녀는 절 규했다. 어쩔 수 없이 고개를 끄덕였다. "좋아요, 그러죠 뭐." 그 러나 감방으로 돌아오자마자 후회했다. 어떤 소설 속 등장인물 처럼 바다로 가서 빠져 죽으려 했는데, 해변에서 친구를 만나 끝 도 없이 응대하느라 발목 잡힌 꼴이었다. 그래도 엄마에게 내가 죽고 싶다고 말할 수는 없었다. 그 말이 나오지 않았다.

그 뒤 변호사는 엄마와 함께 고생스레 왔다가 잡담할 시간조 차 아껴가며 또 그렇게 갔다. 충성스러운 신하를 만나는 황제가 된 기분이었다. 어느 날 변호사는 5년 전 A현 인민병원에서 작 성한 진단서를 들고 왔다. 진단서에는 내가 두통, 우울증, 노이 로제를 동반한 두부 외상을 앓았다고 적혀 있었다. 나는 그런 적 없다고 말했다. "보세요, 의사의 소견이 있다니깐요." 변호사는 주치의와의 면담 기록까지 꺼내놓았다. 이렇게 적혀 있었다.

질문: 이 진단서는 당신이 작성한 것입니까?

대답: 제가 작성한 것입니다.

질문: 사실입니까?

대답: 제가 서명까지 했습니다.

내가 말했다. "난 인민병원에서 진찰한 적이 없는데요." 그는 나무라는 듯 손가락으로 탁자를 쳤다. 그제야 무슨 말인지 알아들었다. "지금부터 잘 들으세요. 당신은 예, 혹은 아니요라고만 답해야 합니다." 그의 주문에 따라 나는 뭐든지 '예'라고 대답했다. 그리하여 나는 적극적으로 새로 기억해야 할 과거를 가지게 되었다. 변호사는 만족한 듯 보였다. 가기 전에 마지막 질문을 던졌다. "당신이 왜 병원에 가게 되었는지 말해줄 수 있습니까?" 나는 말문이 막혔다. 변호사는 이놈 이거 물건 되겠나 하는 표정으로 말했다. "겨울방학 때 밤참 사러 나갔다가 누군가에게 벽돌로 맞았잖아요."

"아, 그랬죠."

"당신이 입은 외상은 기억하셔야죠."

사실 솔직히 말해 이미 죽을 국면에 들어서서 뭔가 기적이 일어날 거라고 나는 믿지 않았다. 그러나 변호사는 죽음은 절대 불가라는 태세로 대응 루트를 다섯 개나 준비해놓았다. 첫째, 사법 정신 감정을 모색한다. 둘째, 부분적인 책임을 사회에 돌린다.

셋째, 나이를 낮춘다. 넷째, 강간 의도가 없었음을 적극 주장한다. 다섯째, 자수한 경위를 부각한다.

"자수 안 했는데요?"

"자수했습니다." 변호사는 딱 잘라 단정했다. "체포될 때 자발적으로 경찰을 불렀고, 체포되기 전에 인민폐 세 장으로 제비뽑기를 했는데 그중 한 장을 자수로 설정했다는 말은 당신에게 자수의 의도가 있었다는 뜻입니다. 또한 자발적으로 부반장인 리융에게 전화를 해서 행적을 알렸습니다. 당신 연령대의 사람들에게 반장, 부반장이 가장 큰 기관 조직입니다. 당신은 조직을 향해 참회한 겁니다."

"그냥 더 놀고 싶지 않아서 그랬어요."

"더 놀고 싶지 않은 게 자수입니다."

또 얼마간의 시일이 지난 후 엄마가 가벼운 발걸음으로 기쁜 표정으로 달려왔다. 마치 석방 통지서를 움켜쥔 모양새였다. 변호사가 말했다. "어머님한테 고맙다고 하세요. 저는 당신 어머님처럼 일을 밀어붙이는 사람은 본 적이 없네요."

"어쨌기에요?"

"콩제의 모친이 합의해줬습니다."

"그게 가능해요?"

"어머님이 칠십만 위안을 배상하기로 했습니다."

"칠십만 위안이 어디 있다고?"

엄마가 대답했다. "저금 깨고, 가게랑 집도 팔고 해서 몽땅 끌어모았다."

변호사가 덧붙였다. "사실 대출도 이십만 위안 받았고요."

"돈 벌써 다 보냈습니까?"

"아직 완전히 지불되지는 않았습니다. 현재 일부 금액만 콩제의 외삼촌에게 보관 중입니다. 어쨌든 모친이 자기 입으로 승낙한 건 아니니까요."

"어떻게 승낙하겠어요? 제가 자기 딸을 죽였는데, 합의를 해준다고요?"

엄마가 말했다. "당연히 처음에는 승낙하지 않았다. 그런데 내가 그랬지. 나는 홀어미이고 당신도 마찬가지다, 우리 둘 다 애가 하나뿐이다. 만약 우리 애가 죽어서 당신 딸의 생명을 되돌릴 수 있다면, 내가 나서서 우리 아들놈을 죽이겠다. 그런데 그 놈이 죽는다 해도 따님은 돌아오지 못한다. 우리 둘 다 동병상련 과부 신세인데 제발 목숨만 살려주십사 하고 말이다."

변호사가 말했다. "저도 거들었습니다. 따님 키우느라 쉽지 않았을 겁니다. 이제 한숨 돌리나 했을 텐데. 어찌 되었든 우리 쪽 잘못입니다. 그러나 잘못은 이미 저질러졌고, 되돌릴 수도 없는 일입니다. 그래도 좋은 쪽을 생각해야 하지 않나 싶습니다. 만약 당신이 인류의 드물지만 고귀한 정신으로 선처를 탄원해주시면 두 목숨을 살리시는 겁니다. 이 여사님도 살리고 아들도 살리고요. 그렇게만 되면 이분들도 온 힘을 다해 보상하고 보답할 거구요. 평생 당신의 은덕에 감사하며 잊지 않을 겁니다."

"그런다고 승낙하던가요?"

"아닙니다. 오히려 주위 사람을 시켜 어머님을 두들겨 패더군요. 어머님은 무릎 꿇고 싹싹 빌면서 액수를 알려달라고 그러고만 있었습니다. 콩제 모친은 쳐다도 안 보더군요. 나중에 그쪽 친척이 더 두고 볼 수 없어 당신 어머님을 부축해 일으켰습니다. 어머님이 안 일어나니까 콩제 모친이 나오더니 어머님 머리에 침을 뱉더군요." 엄마는 고개를 숙였다. 변호사가 말을 이었다. "어머님이 액수를 부르기 시작했습니다. 삼십만으론 부족하다고 해서 오십만으로 올렸는데, 그래도 안 된다니 칠십만까지 간 겁니다. 어머님은 만 위안씩 흥정하지 않고 단번에 이십만씩 올렸죠. 상대가 꿈쩍도 안 하니까, 어머님은 장탄식을 하며 '아들아'라고 외치더니 게거품을 물고 혼절했습니다. 상황이 이리 되니 콩제 모친이 말하더군요. 당신네들 나보고 앞으로 어떻게 사람 노릇 하며 살라고 그러십니까."

엄마가 말했다. "승낙을 한 건지 안 한 건지도 모르겠구나."

변호사가 말했다. "이 정도까지 말이 되었으면 승낙한 셈입니다. 지금 우리에게 필요한 것은 당신이 법정에서 참회하는 겁니다."

변론

시간이 또다시 끝도 없이 넓혀져 있었다.

가공할 백내장에 걸린 것처럼.

그래서 나는 왼쪽 손목을 물어뜯었다.

5개월 후, 고등법원이 주재하는 2심이 1심 법정에서 진행되었다. 그나마 위안이 되는 건 3심은 없을 거라는 점이다. 나는 이미 독방에서 미로 게임 하는 게 물려버렸다. 나는 나일 뿐, 무슨 허구의 인물이 아니다. 가공할 백내장에 걸린 것처럼 시간이 또다시 끝도 없이 넓혀져 있었다. 그래서 나는 왼쪽 손목을 물어뜯었다.

나중에 검사는 이 일을 놓고 형 집행을 두려워한 자살로 추론했다.

검사가 구치소에서 심문할 때 나는 대번에 알아봤다. 물론 그는 나를 알아보지 못했다. 어깨가 좁고 말라서 멀대처럼 생긴 인물이었다. 그는 지금 법정에서 다리를 꼬고 앉아 조서를 뒤적이며 요점을 파악하고 있었다. 태도가 불성실하면서 아둔할 정도로 자신감이 넘치는 인물이라는 건 심문할 때부터 이미 알아봤다. 급하니까 벼락치기로 준비해보려 하지만 연신 터지는 하품을 막을 수도 없다. 아마도 밤새 술 마시고 여자 끼고 주사위 노름이나 하다가, 지금까지 가라오케 소리에 귀가 먹먹해 있을 것이다.

내 변호인이 상소 이유를 진술한 후 법정에 법의의 감정 결과를 제출할 것을 요청했다. 울기 좋아하던 그 여성 법의가 불려와 변호인의 추궁을 받자, 정액 등 물증을 채취하지 못했음을 인정했다. "그렇다고 해서 강간 의도가 없었음을 증명하지는 않습니다." 그녀가 재차 강조했지만, 의심할 것도 없이 타당하지 않은 견해였다. 변호인이 응대했다. "상대를 이미 완전히 제압한 상황에서, 저의 소송 당사자가 만약 강간의 의도가 있었다면 강간을 했을 거고, 그랬다면 흔적도 남았을 것입니다. 추가로 질문하자면, 피해인은 사후에 처녀막이 그대로 있지 않던가요?"

"그렇습니다." 법의가 대답했다. 검사가 끼어들었다. "그러나 1심에서 피고인이 인정한 바 있고, 최종 판결도 강간 미수로 결정 났습니다."

"재판 과정에서는 증언보다 증거를 중시하는 법입니다. 생각해보십시오. 체중이 62킬로그램 나가는 남자 청년이 아무 무기를 소지하지 않은 39킬로그램의 피해자를 상대로 어떻게 강간이 미수가 될 수 있겠습니까?"

"법은 가설을 허용하지 않습니다. 반드시 피고인 심문이 필요한 사항입니다." 검사는 이 말을 내뱉자마자 자신의 실수를 깨달았다. 나는 벌떡 일어나 말했다. "저는 어떠한 강간 의도도 없었으며, 어떠한 강간 행위를 시도한 적도 없습니다." 법정이 일순 술렁이며 모두들 내가 진술을 번복한다고 생각했다. 내 변호인은 차분하게 가라앉은 표정으로 자리에 앉았지만 속으로는 분명 득의양양했을 것이다.

"그렇다면 당신은 왜 경찰 심문 과정에서 강간 행위가 있었다고 진술하셨습니까?" 재판장이 질문했다. 나는 대답하지 않았다. 검사가 즉각 일어섰다. "피고인에게 묻겠습니다. 당신에게 강간 의도가 없었음을 증명할 증거가 있습니까?" 이 질문은 미련하기 짝이 없어 검사가 얼마나 똥줄이 타는지 보여주는 것 같았다. 변호인이 응수했다. "검사의 유죄 추정의 입증 방식에 이의를 제기합니다." 그러나 나는 수갑을 들며 말했다. "콩제가 우리 집에 오기 얼마 전에 저는 이미 자위를 했습니다. 저는 상대와 성관계할 마음이 꿈틀거릴 가능성을 해소했습니다."

"증거 있습니까?" 검사가 말했다.

"없습니다. 그러나 법의의 감정 결과를 확인해보시면 되죠."

"그렇다 해도 당신에게 그럴 마음이 없었다는 의미는 아닙니다."

"죄송합니다. 저는 그럴 마음이 없었습니다. 있었다면 완벽하게 했을 겁니다."

"하기 싫었다고요?" 검사 입에서 그야말로 체통에 맞지 않는 말이 튀어나왔다.

"하고는 싶었죠. 그런데 그렇게 하지 않기로 계획했습니다."

"왜죠?"

"일종의 순수함을 위해서입니다."

"무슨 순수 말입니까?"

"제가 그녀를 죽일 계획이면 그녀만 죽이면 되지, 그 일에 다른 불순물이 끼어들게 하고 싶지 않았습니다."

변호인이 즉각 끼어들었다. "이는 제아무리 명백한 악이라 해도 그 속에 원칙에 해당하는 것이 잠재되어 있음을 말해줍니다." 바로 이어서 그는 성명서를 낭독했다. 그 성명은 A현의 이웃, 지인, 동문 400여 명의 연명 서명이었다. 그들은 자신의 이름을 걸고 내가 노인을 공경하고 어린아이를 잘 돌봤으며 성실한 사람이라는 사실을 보증하며, 법정의 가벼운 처벌을 호소했다. 변호인은 그들의 이름을 하나씩 호명하려 했다. 그러나 재판장이 중간에서 끊었다. 그는 성명서를 흔들며 아쉽다는 제스처를 취했다. 이렇게 강한 민의가 고작 종이 몇 장에 구현될 수밖에 없는 게 유감이라는 뜻이다. 아마도 변호사가 엄마와 함께 사탕이나 돈 봉투를 들고 서명을 받으러 돌아다녔을 것이다. 처음에는 아무도 서명을 안 해주다가, 변호사가 가짜 서명한 명단을 들이미니 그들도 할 용기가 생겼고, 그 참에 다른 친구들까지 불러와서 서명을 시키는 식이었을 것이다.

변호인은 이어서 숙모가 작성한 성명을 낭독했다. 숙모는 도시 사람이라는 우월감에 빠져 나를 독단적이고 거칠게만 대했지, 아직 사춘기라는 사실을 고려하지 못하고 자기도 모르는 사이 나를 망쳐놓았음을 반성했다. 그 성명에는 20가지 항목의 차별 대우 사례가 열거되어 있었다. 예를 들어 오 위안 지폐를 일부러 탁자에 두고는 내가 훔쳐가는지 살폈다든지, 식은 밥만 먹게 했다든지 따위였다. 낭독을 마친 변호인이 다가왔다. 양미간을 찌푸리고 눈을 부릅뜨며 마치 처음 보는 사람 대하듯 사납게 말했다. "다음으로 제가 제기하는 문제에 대해 사실대로 대답해주시기를 바랍니다."

"좋습니다."

"보증할 수 있습니까?"

"보증합니다."

"당신이 죽이고 싶었던 사람은 사실 당신의 숙모 아닙니까?"

"그렇다고 말할 수 있습니다."

"그렇습니까, 아닙니까?"

"그렇습니다." 나는 소리 높여 대답했다.

"변호인의 유도신문을 반대합니다." 검사가 말했다. 재판장이 주의를 줬지만, 변호인은 이미 흥분에 휩싸여 바지 주머니에 손을 집어넣고 고개를 숙이며 몇 발자국 걷다가 갑자기 질문을 이어갔다. "왜 숙모를 죽이고 싶었습니까?"

"차별 때문에요."

"어떤 차별이죠?"

"도시 사람의 외지인에 대한 차별이죠. 그 차별은 모든 것에, 어디나 깔려 있습니다."

"그런 차별을 마주하면 어떤 느낌이 드나요?"

"제가 도둑이 된 것 같고, 매일 발가벗겨지는 기분이 듭니다."

"울고 싶었나요?"

나는 고개를 들어 바라봤다. 그가 나에게 뭔가 눈짓을 하고 있었지만, 뭘 어쩌란 건지 알 수가 없었다. 그는 바로 다음 질문으로 넘어갔다. "당신은 그 고통을 좀더 자세하게 묘사해줄 수 있으신가요?" 어떻게 답해야 할지 몰라 그냥 고개를 숙이고 침묵했다. 아마 고개를 젓기도 한 것 같다. 변호인은 이 동작들이 증거라도 되는 양 말을 이어갔다. "보십시오. 그 모욕감은 입에 담기도 부끄러울 정도로 깊을 겁니다."

돌연 질문을 바꾸었다. "그런데 왜 숙모를 죽이지 않았습니까?"

내가 죽이지 않기로 선택한 이유는 숙모가 죽일 만한 가치가 없었기 때문이었다. 변호인은 내가 대답하지 않자 자신이 부연했다. "왜냐하면 당신은 강력한 그녀를 죽일 힘이 없었기 때문입니다. 대신에 숙모에게 겁을 주기 위해 친구를 죽인 겁니다. 당신은 숙모에게 알리고 싶었습니다. 당신이 쉽게 얕잡아볼 수 없는 존재라는 사실을 말입니다. 그것은 가소로울 정도로 유치한 복수였습니다." 검사가 탁자를 치며 사리에 맞지 않는 억지라고 외쳤고, 재판장 또한 계속하여 재판봉을 두드렸다. 그러나 변호인은 이미 완전히 연설의 절정에 도달해, 또다시 바지 주머니에 손을 찔러넣고 방청석으로 걸어가 천천히 한 사람씩 내려다보았다. 모두가 의아한 표정을 지을 때까지 기다렸다가 펜을 들어 한 글자씩 체크하듯 허공에 점을 찍으며 말했다.

"당신들 모두가 유죄입니다."

변론이 계속되었다.

"당신들 하나하나가 그에게 대입 학력고사의 스트레스를 줬고, 지역 차별을 했고, 무시하고, 고독하게 하고, 외지인이라는 신분을 부여했으며, 농촌 출신이라고 부당하게 대우하고, 노예와 같은 운명을 선사했습니다. 당신들이 그를 고통스러운 천민으로 만든 사람입니다. 당신들은 지금껏 그에게 어떠한 관심도 보이지 않았습니다. 오히려 그가 당신들의 정상적이고 안정된 삶을 침범했다고 생각하고, 그가 그러한 현실을 받아들여야 한다고 생각했겠죠. 당신들은 여기에 대해 아무 양심의 가책을 느끼지 못하시겠죠, 그렇죠? 물론 충분히 예측 가능합니다. 당신들은 그를 용서하고 싶지 않으시겠죠. 한 가지만 물어봅시다. 똑같은 생명인데, 누가 당신들한테 그 자리에 당당하게 앉을 자격을 줬습니까? 거기 앉아 마음이 편안하십니까?" 말을 마치자 그는 자기 말의 떨림에 주체하지 못하고 의자에 털썩 주저앉았다.

검사가 그 기세에 눌리지 않으려고 일어나 말했다. "당신의 관점에 동의한다고 칩시다. 그렇다면 이제 우리가 할 일은 피고인의 숙모를 목매달아 교수형에 처하는 겁니까? 우리 모두가 끌려 나가 총살당해야 마땅하지 않겠습니까? 지금 바로 피고인을 석방해야 하는 것 아닙니까? 모두 동의하십니까?"

"저는 동의합니다." 변호인의 목소리는 갈라졌지만 태도는 명확했다. "완전히 동의합니다."

"당신은 동의해도 저는 동의 못 합니다. 더구나 저는 당신이 묘사한 것처럼 상황이 진행되었다고는 전혀 생각하지 않습니다. 만약 피고인이 그저 숙모를 겁주기 위한 목적밖에 없었다면, 고양이나 개 한 마리 죽이면 그만이지 이렇게 큰 사건을 저지를 필요가 없습니다. 설령 여학우를 죽임으로써 그 목적을 실현하고자 했다 해도, 피해자를 죽이기만 하면 되지 왜 사체를 서른일곱 차례나 찔러야 했습니까? 왜 세탁기에 거꾸로 집어넣어야 했나요? 그 이유가 뭐라고 생각하십니까?" 그는 잠시 말을 멈추어 모두가 나와 콩제 사이에 벌어진 일로 초점이 이동하도록 충분한 시간을 두고 기다렸다. 그런 다음 가늘고 긴 검지를 뻗어 총 모양으로 나를 겨누었다. 머리를 슬쩍 기울여 피하니, 손가락 끝을 살짝 틀어 도망칠 구멍은 어디에도 없다는 듯 다시 겨냥했다.

"증오! 그리고 증오에 바탕을 둔 잔인함! 그가 그토록 잔인했던 건 전적으로 콩제에 대한 증오 때문입니다! 단지 그 가능성뿐입니다!"

이어서 그는 내가 콩제를 쫓아다닌 적이 있는지 물었다. 없다고 대답했다. 상대에게 거절당한 적이 있는지를 물어왔고, 그것도 없다고 대답했다. 검사는 내 대답에 아주 만족했다. 범죄자라면 그렇다고 인정할 리가 없다고 생각한 것이다. 이제 자기 의견을 발언할 차례였다. 그는 무슨 프로이트가 어쩌고, 융이 어쩌고, 자기 비하형 인격이나 황제의 딸, 추악한 정욕 따위를 거론하기 시작했다. 보아하니 이 연설을 위해 여기저기서 격언을 긁어모은 듯한데, 그것들을 다 인용하고 싶은 욕심도 있었고 물 흐르듯 유창하게 발언하려고 과욕을 부리다 막히곤 했다. 그때마다 노트를 확인해야 했다. 그런데 막힐 때마다 고래고래 고함을 질러댔다. 그렇게 발언이 끝나자 병든 닭처럼 진이 빠져 의자에 쓰러졌다.

검사의 강력한 요구에 따라 숙모가 드디어 출석하게 되었다. 그녀가 들어올 때 몇 걸음 내딛는가 싶더니 다리가 얼어붙어 그

자리에서 꼼짝도 못했다. 누가 보면 숙모가 피고인 줄 알겠다. 어렵사리 증인석에 선 뒤에도 고개를 푹 숙이고만 있었다. 이마에는 땀방울이 송골송골 맺혔다. 검사가 사건 현장이 어땠는지 재진술해줄 것을 요청하자 그녀는 바들바들 떨면서 말을 이어갔다. 그녀는 법정이라는 이 공간이 두려운 게 분명하건만, 다른 사람은 당시 현장에서 목격한 끔찍한 장면을 여전히 두려워하는 것으로 생각하는 모양이다.

검사가 물었다. "변호인의 말에 따르면 당신의 차별 때문에 이러한 흉악 범죄가 초래되었다고 합니다. 인정하십니까?" 숙모의 코끼리같이 거대한 몸집이 사시나무 떨듯 떨렸다. (빌딩이라도 무너지는 줄 알았다.) "그렇지 않습니다." 숙모는 단번에 변호사와 엄마의 간절한 설득을 배반해버렸다.

"대체 인정한다는 말입니까, 아닙니까?"

"저랑 상관없는 일입니다."

"그럼 당신이 조카를 차별한 적은 있습니까?"

"차별이라고 말할 수 없습니다."

"그렇다면 무엇입니까?"

"그 사람들도 양심이 있어야죠. 그 애 엄마가 저에게 개를 맡겼으니 당연히 저에게 잘 보살필 책임이 있습니다. 대입 학력고사 준비하는 데 영향을 줄까봐 저는 다른 곳으로 이사까지 갔습니다. 그 애가 우리 집에 오고 나서 10킬로그램이 늘었어요. 맞는지 아닌지 한번 물어보세요."

변호인이 발언을 준비하는데 내가 먼저 손을 들었다. 재판장이 발언을 허락했다. "숙모, 하나만 물어봅시다. 당신의 그 옥불상은 어디서 구한 겁니까?"

"무슨 옥불상 말이냐?"

"금고 바닥에 붙여놓은 옥불상 말입니다."

"그거 옥불상 같은 거 아니다."

"맞잖아요. 숙모랑 삼촌이랑 도대체 요 몇 년간 뇌물을 얼마나 받아먹은 거예요?"

이 여인은 아연실색하여 드라마에서처럼 두 손을 휘저으며 바닥으로 무너져내렸다. 몇 사람이 달려들어 그녀를 데리고 나갔다. 아마도 지금 그 누구도 숙모만큼 가슴이 아프지는 않을 것이다. 내가 이 말을 꺼낸다 한들 숙모는 배상에 관한 이야기를 감히 거론하지 못할 것이다. 설사 누가 배상해준다고 해도 배상받은 금액은 자신이 직접 내다 파는 것에 비할 바가 못 될 테고. 어쩌면 엄마가 벌써 배상했을지도 모르겠다. 어쨌든 상관없다. 지금에서야 비로소 숙모가 응당 받아야 마땅할 처분을 내린 셈이다.

뒤이어 출석한 것은 이웃집 허씨 노인이었다. 노인은 아마 오랜만에 이렇게 넓은 장소에 와서 그런지, 사람이 의욕이 넘쳐흘렀다. 오 분 만에 끝낼 이야기를 초 치고 기름 바르고 하느라 십

분을 넘겼다. 노인은 자신이 목격한 현장에 대한 진술이 끝나자, 내가 평소에 얼마나 못된 짓을 저질러왔는지 되는대로 엮어내기 시작했다. "세상 못된 짓은 저놈이 다 했다고 할 수 있습니다." 말을 마친 그는 입술을 쫑긋하며 일종의 정부의 입장에서 멸시하는 눈빛으로 나를 바라보았다. 고작 썩은 내를 풀풀 풍기고 다니는 주제에. 내가 응대했다. "할아버지는 저를 팼잖아요."

"내가 언제?"

"때렸잖아요. 목을 조르고, 욕을 한 바가지 퍼붓고는 따귀까지 날렸죠. 할아버지는 저의 영혼을 학대했어요."

"헛소리 마라."

"때렸으면 때린 거지 그게 어디 갑니까?" 꽤 재미있었다. 생각대로 대응 논리를 찾지 못하자 노인은 주먹을 불끈 쥐었다. 나는 말을 이어갔다. "개는 죽었어요?" 노인이 깜짝 놀랐다. "내가 쥐약을 놓았는데." 내 말이 끝나자 노인의 얼굴이 벌겋게 달아오르며 욕을 한바탕 늘어놓았다. "니기미 니가 인간이냐 짐승이냐, 개까지 건드려?" 내 변호인이 계속 헛기침을 했다. 아마 내가 너무 유치하다고 생각한 모양이다. 검사의 표정에는 미소가 감돌았다. 살인범의 잔인한 기질을 이보다 더 잘 증명해줄 수 있는 게 없었던 것이다.

그 뒤 경찰이 출석했다. 그는 깡패 두목들도 붙잡히면 맥이 풀리고 엄마 아빠 마누라를 만나게 해달라고 요구하는데, 나의 경우 무표정하게 그런 부탁은 일절 없었다는 점을 강조했다. "이렇게 엄청난 사건을 저질러놓고는, 맥도널드 먹고 싶다고 요구하더군요."

"KFC입니다." 내가 정정해주었다.

고백

젊은 신체와 노쇠한 영혼을 가진 한 인간이
마주하게 되는 현실.

그 뒤, 변호인은 정상을 참작할 만한 지점이 있음을 잇달아 제
시했고, 검사는 그에 맞서 용서할 수 없는 범죄라는 관점을 주장
했다. 마치 저울이 왼쪽으로 조금만 기울려 하면 반드시 오른쪽
에 중량을 더 보태는 식이었다. 변호인은 전략을 바꾸기로 결심
했다. 그는 산파의 지장이 찍힌 출생증명서를 꺼내며 내가 아직
만 18세가 되지 않았음을 주장했다. 검사는 이에 맞서 확실한 조
사의 필요성을 제기했다. 즉 호적 명부, 학적 명부, 이웃의 증언
및 엄마의 18년 전 행적까지 모조리 조사해야 한다는 것이다. 그
렇게 하면 밝히기 어려운 일도 아니라는 것이 검사 측 주장이다.
그와 함께 검사는 변호인에게 증인의 위증을 유도하면 징역형에

처해진다는 사실을 환기시켰다.

이에 변호인은 내가 세 단계에 걸쳐 자수하려던 정황이 있었음을 진술했다. 검사는 증거로 삼기 어렵다고 반박했다. 내가 지금껏 단 한 번도 후회하는 모습을 보이지 않았다는 이유에서였다. 변호인은 실눈을 뜨고 나를 바라봤다. 자기 혼자 어떻게 해볼 수 있는 일이 아니라는 뜻이다. 그러나 나는 이 자리에서 참회하는 표정을 연출하는 것은 내 의도와 맞지 않다고 생각되었다. 검사가 물었다. "당신은 지금도 참회할 필요가 없다고 생각하시죠?" 이 질문은 사실 나를 돕는 것이기도 한데, 그냥 고개만 돌려버렸다. 나는 아니라고 답하지도 않고, 그렇다고 답하지도 않았다. 원래는 그렇다고 답할 생각이었다.

"당신은 왜 자발적으로 경찰 체포조를 찾아갔습니까?" 변호인이 물었다. 나는 여전히 고개만 돌리고 있었다. 재판장이 내가 이 질문에 대답할 필요가 있음을 일깨워주었다. 나는 한참을 곰곰 생각해보니, 어찌 되었건 진상을 밝혀야겠다는 마음이 들었다. "왜냐하면 그런 식으로 해서 체포나 할 수 있겠나 싶더라고요." 자기 기획이 엉망이 되었다는 배신감에 변호인은 분통을 터뜨리며, 다급히 나에 대한 정신병 사법 감정을 신청했다. 그에 앞서 피고석으로 걸어오는 틈에 탁자를 두드리며 주의를 줬다.

그는 5년 전 A현 인민병원에서 발행한 진단서를 제출한 뒤, 우울증이나 노이로제에 대한 학설을 상세히 설명하고 전거까지 끌어와 정신병 사법 감정에 대한 필요성을 논증했다. 변호인의 주장은 1심 법정에서 제기된 감정 요구가 충분히 중시되지 못했으므로 지금 이 진단서에 근거하여 실태 조사하는 것이 객관적 원칙에 전면적으로 부합한다는 것이다. 추가로 그는 신문을 하나 꺼냈다. 그 신문에는 두 명의 정치대학 교수에 의한 감정 지지 발언이 실려 있었다. "법관은 이런 종류의 사건을 처리할 때 증거를 확고히 해야 한다. 사형 집행 후에 감정을 한다면 이미 늦었다." 검사는 냉소하며 자그마한 빗을 꺼내 이미 잘 다듬어진 머리를 다시 정리하기 시작했다. 검사가 보기에 이러한 행태는 모든 피고인이 써먹는 수법이었다. 잠시 뜸을 들였다가 그는 나를 가리키며 모두를 향해 말했다. "여러분, 피고인이 조금이라도 정신병으로 보이십니까?" 나에게도 물었다. "당신 정신병 있습니까?"

"물론 없죠." 모두가 깜짝 놀라는 게 느껴졌다.

"당신이 정신병이 아니라는 사실을 어떻게 압니까?" 변호인이 화를 내며 벌떡 일어났다.

"긴지 아닌지 제가 모르겠습니까?"

"정신병 환자들은 모두 그렇게 말합니다. 그 말이 정신병이 있다는 증거입니다." 변호인은 붉으락푸르락한 표정으로 탁자를 내리쳤다. 방청석에서는 웃음소리가 터져 나왔다.

"그럼 피고인이 판단하기에, 정신 감정이 필요합니까?" 재판장이 물었다.

"필요 없습니다." 나의 대답에 변호인은 문서를 탁자에 내던지며 짐 싸들고 나갈 판이었다. 그러나 자기 명예를 아는 사람이라, 법정에서 콩제의 모친이 발언할 수 있게 해달라고 건의했다. 이 과정에서 그는 절벽에 매달린 사람이 살려달라고 비는 것처럼 애처로운 눈빛으로 나를 바라보았다. 그러나 나는 어서 이 게임을 종료하고 싶었다. 법정에서의 나는 이미 내가 아니었다. 그는 모두의 거짓말을 지키기 위해 바쳐진 도구에 불과했다.

콩제의 모친은 전과 다름없이 검은 치마를 입고 있었다. 다만 목에 푸른 스카프를 하고 나왔다. 콩제의 유품이었다. 그녀는 울분을 억누르며 '한 엄마가 다른 엄마를 위해 선처를 바라는 탄원서'를 낭독하기 시작했다. 모두 눈썹을 찌푸린 엄숙한 표정으로 미동도 하지 않고 그녀를 주시했다. 오늘 그녀의 발표는 썩 훌륭했다. 말투와 감정, 전체적인 컨트롤이 혼연일체가 되어 있었다. 아마도 변호사가 그녀 대신 써준 원고에서 그녀가 공감되는 면을 발견했기 때문인 듯했다. (평소대로라면 목소리만 높였지 앞뒤가 맞지 않았을 것이다.) 변호인은 작곡가가 무대에 오른 가수를 바라보는 표정으로 한 마디씩 손가락 장단을 맞추고 있었다. 적지 않은 사람들이 눈물을 훔쳤다.

그러나 나는 그녀의 연극을 중단시켰다. "딸 팔아서 거래합니까?" 하얀 비둘기처럼 그녀의 손에서 종이 뭉치가 날아갔다. 이어서 깡마른 장엄한 그녀의 신체가 떨리기 시작했다. 그녀는 눈을 감았다가 다시 뜨는가 싶더니 그대로 뻣뻣이 뒤로 넘어갔다. 사람들이 달려와 부축했을 때는 이미 입에 거품을 물고 온몸에 경련이 일기 시작했다. 마치 간질에 걸린 사람 같았다. 법정은 시장 바닥처럼 소란스러워졌다. 다들 움찔움찔하며 이 상황에 딱 맞는 한마디를 찾고 있었다. 그 한마디를 찾은 모두가 동시에 외쳤다.

저놈 죽여라!
저놈 죽여라! 저놈 죽여라!
저놈 죽여라! 저놈 죽여라! 저놈 죽여라!

나는 고개를 들어 천장을 향한 뒤 법정을 훑어보았다. 극장 특별석처럼 생긴 협소한 저 멀리에서 사람들이 일어나 손발을 휘두르고 있었다. 그 앞으로 텅 빈 노란 의자와 암청색 난간이 있었다. 벽에는 서양식 램프가 장식되어 있었다. 그 램프는 누구도 끄지 않은 채 미등을 밝히고 있었다. 언젠가 여기도 아무도 남지 않은 채 먼지만 날리는 날이 올 모양이다.

"나를 죽여라." 나는 현실로 돌아왔다. 자신의 눈빛이 꽤나 진실하다고 느껴졌다. 변호인은 이미 문서들을 가방에 챙기며 완전히 방관자로 돌아섰다. 검사는 쇼크와 당혹감에 한참을 멍해 있다가 최종 보고서를 들고 감정을 실어 읽기 시작했다. 몇몇 구절만 귀에 들어왔다. 극악무도하다, 털끝만큼의 양심도 없다, 국법을 무시했다, 인명을 경시했다, 수단이 지극히 잔인했으며, 그 결과가 극히 엄중했다, 사회적 위해가 지대하여, 사형하지 않으면 민심을 달래기 힘들다는 등의 내용이었다.

낭독이 끝나자 좌중은 열렬한 박수로 화답했다. 박수 소리는 한참을 이어지다 돌연 완전히 사라졌다. 나와 마찬가지로 모두들 말로 형언할 수 없는 적막감을 느끼고 있었다.

재판장이 나에게 할 말이 있는지 물었다. "검사님께 알려줄 게 있습니다. 제가 잭나이프를 사던 날, 길에서 검사님을 마주쳤었죠. 죽여버리고 싶은 생각이 들었습니다. 충분히 실행 가능했지만, 제 계획이 이미 서 있었기 때문에 그냥 놓아줬던 겁니다." 그때 갑자기 맹수와 같은 포효가 법정을 울렸다. "왜 하필 우리 딸만 죽였냐 이놈아!"

"나는 반드시 한 사람만 죽여야 했습니다."

"그럼 부패 정치인이나 나쁜 사람을 죽이지, 왜 하필 우리 딸만 죽였냐 이 말이다."

"왜냐하면 죽일 만한 가치가 있었으니까요."

"그건 왜 그렇죠?" 재판장이 물었다.

"왜냐하면 그녀는 예쁘고 착하고 재능도 뛰어나 앞길이 훤합니다. 게다가 일찍 부친을 잃은 가련한 신세입니다. 그녀는 모두가 애지중지하는 존재죠."

"짐승 같은 놈!" 검사가 말했다.

"그렇게 한 이유는 증오 때문입니까?" 재판장이 물었다.

"아닙니다. 사회적 반향을 불러일으키기 위해서였습니다. 신문이나 잡지를 보다가 알게 된 건데, 어떤 흉악 범죄가 주목받는 이유는 그저 피해자가 여대생이거나 아동이거나 젊은 여성이었기 때문입니다. 생김새가 추악한 여자가 피해를 입어도 꽃다운 여성, 묘령의 여인, 미녀, 착한 여자로 보도되곤 하더군요. 평범한 여자들만 해도 그런 식인데, 콩제처럼 완벽에 가까운 여성이라면 세상이 시끌벅적해질 거라 생각했습니다. 충분히 떠들썩해지지 않을까 걱정돼서 서른일곱 번을 더 찌른 겁니다. 제가 콩제를 선택한 것은 고심해서 설계한 결과입니다. 그녀는 다른 사람의 말을 쉽게 믿고, 반항할 줄도 모릅니다. 가장 중요한 이유는 그녀가 당신들 마음 속 가장 높은 곳에 살아왔다는 점입니다. 내가 당신들의 면전에다 대고 도자기처럼 그녀를 산산조각 내야만, 듣도 보도 못한 거대한 동정심과 증오가 당신들에게서 솟아날 거잖아요. 그래야 이를 부득부득 갈며 저를 갈가리 찢어 죽이지 못해 원통해하죠."

"당신이 그녀를 훼손한 이유가 유명해지기 위해서라는 말입니까?" 검사가 물었다.

"아뇨. 저는 그저 당신들이 온 힘을 다해 나를 추적하게 만들고 싶었습니다. 내가 죽여서는 안 될 사람을 죽이면, 당신들이 모든 역량과 가능성을 총동원하여, 심지어 사회 전체를 움직여서라도 저를 추적할 거라 생각했습니다. 그런데 결국 못 하더군요. 당신들은 갈수록 나태해졌어요. 그래서 자수한 겁니다."

"당신은 도망치기 위해 살인한 겁니까?" 재판장이 물었다.

"네. 오직 도망쳐야만 저는 생명의 충만감을 느낄 수 있었습니다. 당신들은 고양이이고 저는 쥐입니다. 쥐는 야무지고 튼튼하며, 많지도 않고 적지도 않으며, 남아도는 지방이 조금도 없는, 숫자와도 같은 간결한 아름다움을 발산합니다. 저는 이렇게 긴장되고 분주한, 스트레스로 가득 찬 삶을 갈망했습니다."

"대입 학력고사 준비하던 중 아니었나요? 자신의 생명을 공부의 긴장감 속에 쏟아부을 수는 없었을까요?" 재판장이 물었다.

"저는 벌써 군사학교 입학이 내정된 상태였습니다. 삼촌이 군사학교 교무처 처장이거든요."

"그렇다면 자신을 충만하게 할 다른 의미 있는 일들을 적극적으로 찾아 나서 보는 건 어땠을까요." 재판장이 말했다.

"시도는 해봤죠. 저는 초인이 되고 싶었습니다. 그러나 그런 일은 사막에 물방울을 던지는 것처럼 순식간에 증발되어버리잖아요. 저는 항상 일이 시작될 때 그것의 피할 수 없는 결말을 봐버립니다. 예를 들어 사과를 먹으면 결국 쓰레기통에서 나뒹굴씨가 떠오르고요, 축배를 드는 장면에서는 가득 쌓인 설거지거리와 텅 빈 식당을 고독히 오가는 고양이가 눈에 그려집니다. 사랑의 경우도 마찬가지입니다. 그것은 공중으로 쏘아올린 불꽃 같은 거죠. 발기부전 상태로 섹스를 염원하며 하늘 저편에 아직 빛이 있다고 자신을 속여보지만, 불꽃이 스러진 자리엔 사실 암흑뿐입니다. 우리 인생도 마찬가지입니다. 우리 육신은 결국엔 삭고 쇠약해져, 자기 똥오줌도 못 가릴 정도로 존엄이 사라집니다. 그러다 결국 죽게 되겠죠. 우리가 죽은 미래의 어느 날, 귀여운 강아지 한 마리가 땅에서 썩은 뼛조각을 파내어 입에 물고 뛰어 다니겠죠. 바로 우리의 뼛조각을요."

"당신은 사는 게 무슨 의미가 있나 모르겠네." 검사가 말했다.

"그래요, 저는 살아봐야 아무 의미도 없어요. 만약 그때 내가 죽인 대상이 당신이었다면, 당신은 좀더 의미 있는 존재가 되었을 테죠." 그는 손으로 탁자를 치며 화를 내려는 본새였다. 나는 말을 이어갔다. "지금 저는 신의 입장에서 당신이 살아 있는 이유를 알려주는 게 아닙니다. 전 그저, 몸은 젊은데 노쇠한 영혼을 가진 한 인간으로서 마주하게 되는 현실을 말하려는 겁니다. 이미 저는 그 무엇도 믿지 않습니다. 예전부터 기러기가 시적 감성과 아무 상관없다는 걸 깨달았어요. 기러기가 왜 그렇게 납니까? 돼지랑 다를 것도 없죠. 그냥 추위를 피해서 먹이를 찾아 날아다니는 거잖아요. 우리 인간도 마찬가지입니다. 인간이 동물보다 고차원적인 이유는 동물들처럼 혐오스러운 일을 하지 않아서가 아니라 의식이 있기 때문입니다. 동물들과 똑같이 혐오스러운 일을 한다는 걸 인간은 의식합니다. 우리는 음식을 탐하고 땅을 빼앗고 자원을 파헤치고 원시적인 성욕에 좌지우지됩니다. 우리는 이런 일들을 다 하면서, 그저 수치를 위해 의미를 발명했습니다. 속옷을 발명하는 과정이나 다를 게 없죠. 그런데 의미가 무엇인지 깨닫게 되면 아무 의미가 없어요. 의미라는 단어 자체도 무의미해지죠."

"어쩌면 잘못되었을지도 모를 이 깨달음 때문에 저는 냉담하고 무기력해져 어떤 일을 해도 시들해지기만 하더군요. 저의 생명은 이 때문에 흐물흐물 풀어져 중풍 환자처럼 멍하니 누워 있기만 했습니다. 날이 바뀌어도 기적은 일어나지 않았고 어제와 똑같이 변함없는 하루였습니다. 시간은 응고되어 천천히 흐르다 못해 거대한 시멘트를 뒤집어쓴 꼴이었습니다. 매일 그 속에 잠겨 숨을 쉴 수도, 움직일 수도 없었습니다. 왠지 알 수 없는 두려움에 그저 울기만 했습니다. 그러다 어느 날, 더 이상 견디기 힘들어졌을 때 결심했죠. 나 스스로 처리할 수 없다면 당신들이 처리하도록 넘기자. 내 스스로 선택할 수 없다면 당신들이 선택하도록 모두 넘기자. 당신들은 쫓고, 나는 도망치고, 이 얼마나 간단합니까. 저는 원시 사회에서 먹이사슬의 말단에 위치한 동물처럼 언제 어디서 죽을지 모르는 상태에서 미친 듯 날뛰며 무의식의 충만감을 마음껏 누릴 수 있게 되는 겁니다. 이러나저러나 결국 생명이란 아무 쓸모없는 것으로 돌아갈 것, 뭘 하든 안 하든 마찬가지로 소멸할 것이지 않습니까. 그러나 최소한 저는 그걸 통해서 시간과의 독대를 회피할 수 있었습니다. 저는 나 자신과 시간 사이에 어떤 장막을 세우고 싶었습니다. 전쟁에 투신할까, 혹은 조직에 들어가 조폭이나 될까 하는 생각도 했습니다. 그러면 폭력을 통해 정정당당하게 내 사욕을 발산할 수 있을 테니까요. 협객이 되어 곤경에 빠진 사람을 구하러 다닐까 생각도 해봤죠. 그런데 그 누구도 은혜를 갚기 위해 세상천지 이 잡듯 뒤져 나를 찾아내는 수고를 할 것 같진 않더군요. 기술적인 조건 면에서 볼 때, 콩제와 같이 완벽에 가까운 모두의 보물을 죽이는 게 제가 생각해낸 가장 완전무결한 수단이었습니다. 도망 다니면서 저는 흔적들을 남겨뒀습니다. 사냥감이 자기 체취가 담긴 분뇨를 곳곳에 뿌리고 다니는 것처럼 말이죠. 당신들을 쫓아오게 하면서 저는 빽빽한 시간의 쾌감을 즐겼습니다. 잘 익은 이 생명의 과실을 내가 수확할 수 있다는 느낌을 온몸과 마음으로 누렸습니다. 그러나 결국, 이 게임에서 저는 임무를 굉장히 잘 수행했고, 당신들은 부끄럽게 되어버렸죠."

말을 마치자 나는 수갑을 들어 중지로 용을 써가며 뒷덜미의 간지러운 곳을 긁었다. 모두들 아연실색한 표정으로 나를 바라보았다. 편집증적이고 끔찍하지만, 딱히 틀렸다고 하기도 뭣한 그런 느낌이겠지. 나 자신도 할 말을 다했다는 만족감에 젖어,

누군가 물 한 잔 건네줄 것 같은 기분마저 들었다. 한참이 지난 후 침묵을 깨뜨리는 외침이 법정을 울렸다. "아니!" 검사가 소리쳤다. 그는 넥타이를 잡아끌며 벌떡 일어나 나에게 손가락질했다. "당신이야말로 악 중의 최고의 악이야. 당신보다 더 큰 악은 이 세상에 없어. 당신이 저지른 악행에 비하면 돈이나 성욕 때문에 범죄를 저지른 인간은 이해가 될 정도입니다. 이 미친놈은 우리 사회의 제도와 전통을 공격했어요. 우리가 살아가면서 기대는 신념을 무너뜨렸다고요."

나는 고개를 끄덕였다. 검사는 악마를 바라보는 눈빛으로 나를 한참 쳐다보더니, 겁에 질린 어린아이처럼 소리를 질렀다. 그의 목소리가 법정 안을 어지러이 뛰어다녔다. "재판장님, 그리고 자리에 계신 여러분, 저는 호소합니다! 즉시 사형을 판결하십시오! 그리고 당장 사형을 집행하십시오! 이 끔찍한 생각이 사회에 만연하게 놔두면, 기필코 더 많은 무지한 청년이 선동에 넘어가리라 확신합니다. 기필코 사회 전체에 위해를 가할 것이며, 기필코 우리 인류 전체를 알 수 없는 공포 속에 살게 할 것입니다. 저는 호소합니다! 우리를 위해, 인류를 위해, 지금, 당장, 저놈을 총살합시다!"

아무도 호응하지 않았다. 모두 어리둥절 앉아만 있었다. 나는 수갑을 들고 고개를 쳐들며, 더없이 태연하게 말했다. "그래요, 저를 총살시켜요."

그 뒤 나는 새로운 감방으로 인도되었다. 2심 결과도 곧 내려졌고, 예상대로였다. 나에 관한 문서가 여러 기관을 오가고 있을 것이다. 지방법원에서 고등법원으로, 고등법원에서 대법원으로 보고했다가 역순으로 지시가 하달되었다. 지방법원의 수위가 문서를 받아들고 해당 분과에 전달하고, 거기서 과장, 부원장, 원장에게 순차적으로 보고가 올라간다. 사형 집행까지는 아마 몇 달이 걸릴 수도, 1년이 넘어갈 수도 있다. 총살형일 수도 있고 약물 주사일 수도 있다. 알아서 하시라. 나는 그저 최후의 만찬을 기다리겠노라. 그들 또한 결국 자신들의 방식으로 이 살인 사건을 해석하고들 있겠지. 이를테면, 성욕을 주체하지 못해서, 도둑질하려다가, 대입 스트레스 때문에, 사회적 차별이 원인이 되었다는 등등의 사회에 공표할 만한 적당한 해석을 하나 찾을 것이다. 그들은 모두가 알게 되는 걸 원치 않는 것이다. 너무나 무료한 한 사람이 고작 쥐와 고양이 게임을 하고 싶어서 다른 사람을 죽였다는 사실을 말이다.

내가 이 사건을 기획하면서 만든 최초의 계획은 고작 네 문장이었다.

목적: 충만감

방식: 도망

수단: 살인

자금: 일만 위안

이것이 내 유서의 전부다. 당신들 역사에 이러한 한 사람이 존재했노라고 말하고 싶었다. 안녕.

작가인가, 아니면 정의의 작가인가

이 소설의 창작 과정을 돌이켜보면 악몽과도 같았다. 이 소설은 욕망의 얼룩으로 2006년 여름에 잉태되었다. 나는 짤막한 기사를 보게 된다. '한 청소년이 학우를 죽였는데, 아무도 살인 동기를 찾을 수 없었다.' 그 당시 나는 문학과 아주 단순한 관계였다. 평범한 일개 독자일 뿐이었다.

많은 일이 스치듯 지나갔고, 그 기사 또한 마찬가지일 거라 생각했다. 그런데 몇 달이 지나자 그것이 점점 커져 가공스러운 세계가 되어 있었다. 나는 무거운 짐을 짊어진 듯 매일같이 그것을 붙들고 보다 넓게 이해하려 했고 끝없이 꾸며내고 있었다. 2007년 봄, 나는 설 명절에 귀향도 하지 않고 짜내고 짜냈지만 열다섯 장章밖에 못 썼다. 그해 5월 노동절 연휴에 두 장을 더 쓰고, 10월 국경절 연휴에 다시 한 장을 추가했지만 어쩔 수 없이 중단해야 했다. 글쓰기가 중단된 기간이 너무 길어 전후 문체가 서로 간섭하거나 모순되었다. 시간에 쫓기다보니 문장도 어수선하기만 했다. 당시 제목은 '사람을 죽인 사람'이었다. 8만자가량 썼는데, 전체 24만 자의 작품으로 기획했다. 이 작품의 실패로 인해 이후 나는 단편밖에 쓸 수 없었다. 혹자는 내가 단편만 고집하는 것을 두고 문학적 선택으로 봐주긴 했지만 말이다.

거의 그것을 잊고 지냈다. 2010년, 서랍을 뒤지다 원고 뭉치를 발견하고서야 이 작품을 다시 떠올리게 되었다. 자신이 얼마나 힘들여 자료를 수집했는지, 이리저리 궁리하느라 얼마나 허송세월했는지, 또 법정에 가서 방청을 하고, 카뮈, 도스토옙스키, 톨스토이의 저작들을 파고들고 했던 모든 것들을 까맣게 잊고 있었다. 열정적으로 준비해왔던 그 시간들이 떠올랐다. 그리고 급하게 허둥지둥 수습한 그 결말에 생각이 미치자 부끄러움에 온몸이 죄어왔다. 가난한 자는 아이를 낳지 못하는 법이다.

처음부터 다시 쓰고 싶었지만, 일상의 자잘한 일들이 각자의 궤도로 움직이면서 서로 뒤섞여버렸다. 할머니를 안장함과 동시에 나는 부친의 요구에 따라 신방을 구입하고 결혼을 준비했다. 그러나 글쓰기가 빚어낸 일상에 대한 적의로 인해 나는 여자 친구와 이미 갈 데까지 간 상태였다. 2010년 5월 23일, (신문사 스포츠 담당 에디터로 근무할 당시—옮긴이) 월드컵 보도 초과 근무 시간표를 받아든 나는 울고만 싶어졌다. 수영 국가대표가 자신을 익사시키는 기분이었다. "좋다. 내 당신들과 함께 살아보겠다. 당신들이 요구한 대로 집을 사고, 결혼하고, 초과 근무해주지." 나는 사지에 몰린 짐승처럼 씩씩대며 뛰어다녔지만, 끝내 정반대의 선택들을 해왔다. 지금 돌아보면 그러한 선택들은 나를 저버리지 않았다. 『달과 6펜스』의 찰스 스트릭랜드나 다른 많은 열정적인 친구에 비해 나에게는 박차고 뛰어나갈 만한 용기가 없었다. 그들은 창작을 위해 사직서를 던졌지만 나는 그저 어떻게 해서라도 시작하라고 스스로 명령만 내리고 있었다. 타협하며 살아남기에 쉽게 안주했다. 집필을 시작한 날짜를 표시해뒀는데, 나중에 알고 보니 4년 전 같은 날 주인공의 원형인 인물이 격정에 휩싸여 칼을 휘둘렀다. 놀라운 우연의 일치였다.

결국 나의 독단적인 횡포로 인해 여자 친구와 헤어졌다. 매일 아침 6시경에 일어나 출근하고 저녁 8시 반에 귀가하는 생활에서 나는 업무에서 최대한 정력을 아끼려고 노력했다. 그러나 귀가할 때마다 기진맥진하여 한 글자도 쓸 수 없었다. 그래서 주말을 기다렸다. 토요일에는 잃었던 감각을 되찾느라 원고만 뒤적였다. 그러다 보니 일요일에 시원하게 몇천 자 쓰는 게 고작이었다. 이런 와중에 평균 사흘에 한 번씩 부친에게서 전화가 와서 뭔가를 상의하는 말투로 물었다. "여자 친구는 찾았니?" 그때마다 속에서 열불이 치솟았다. 나는 이렇게 말하고 싶었다. "아버지가 결혼하라고 그 난리를 치는 바람에 집을 샀습니다. 그거 대출금을 갚느라 함부로 직장을 때려치울 수가 없고요. 이놈의 빌어먹을 업무 때문에 매일같이 소모되기만 한단 말입니다."

어느 날 부친의 전화를 받은 뒤 나는 전화번호부를 뒤져 적당해 보이는 사람을 찾아 문자메시지를 보냈다. 나 너 좋아해. 그녀는 나와의 교제를 시작했지만 머뭇거렸다. 여자 입장에서 이처럼 다급한 구애는 의심할 만했고, 어떤 면에서는 경멸할 만한 것이었다. 그녀를 만나자마자 나는 다짜고짜 끌어안았지만 그녀는 필사적으로 몸을 뺐다. 이 일은 그렇게 끝나버렸다. 나중에 부친이 어떻게 되고 있느냐고 물었을 때 나는 오르지 못할 나무였다고 대답했다. 부친의 목소리에서 애통함이 전해졌다.

2010년 12월 26일, 드디어 이 얇은 소설의 수정을 끝냈다. 마침 오후였다. 창밖으로 생기를 잃은 건축물, 얼음덩어리, 나무와 광음光陰이 내리깔려 있었다. 혼자 멍하니 앉아 있자니, 알 수 없는 슬픔이 어디에선가 밀려왔다. 어떤 친구는 장편을 끝내고 나면 목 놓아 통곡을 한다고 하던데, 나도 왠지 그래야 할 것 같았다. 그러나 울음이 나오지 않았다. 나는 자신에게 실망했다. 그날 밤 나는 잠을 이룰 수 없었다. 태풍이 텅 빈 동굴 속으로 휘몰아쳐 들어오는 것처럼 두려웠다. 이 모든 것을 있는 힘껏 하지 못했다는 게 두려웠다.

이 소설의 표제(원래 제목)는 『쥐와 고양이』다. 쌍방향 관계에서의 위치와 사명을 암시하고 싶었다. 한쪽은 지독한 집념으로 뒤쫓고, 한쪽은 밤낮을 가리지 않고 도망을 친다. 소설의 주인공은 무료함에 완전히 잠식된 후 혼자서는 도저히 자신을 구할 방도를 찾을 수가 없자 살인을 통해 추격당할 때의 충만감을 맛보려 한다. 다음과 같은 장면을 생각해보라. 잠이 쏟아진다 할지라도 불 붙인 담배를 손가락 사이에 끼워둔다. 담뱃불이 손가락까지 타들어오면 깨어나 도주를 계속하기 위해서였다.

나는 그를 영화 「택시 드라이버」의 트래비스와 같은 순수한 인물로 설정했다. 그의 총알은 반드시 쏘아져야만 했다. 그러나 암살당하는 자가 대통령 후보인지 마피아인지에 대해서는 깊이 따지지 않았다. 그는 그저 총알을 쏘아야만 했다. 그에게 타고난 선악의 동기란 없었다. 그저 효과 면에서, 대통령 후보는 암살할 수 없었지만 마피아는 저격할 수 있었다. 그리고 그 때문에 도시의 영웅 대접을 받게 된다. 그런데 우리 주인공의 행위는 세상 사람들의 멸시를 받는다. 그들은 한목소리로 소리친다.

저놈 죽여라!
저놈 죽여라! 저놈 죽여라!
저놈 죽여라! 저놈 죽여라! 저놈 죽여라!

애초의 동기를 봤을 때 우리 주인공은 그저 '어떻게 하면 충만하게 될지'에 대해서만 생각했다. 살인은 단지 그 동기의 외연에 불과했다. 내가 집중적으로 파고든 것은 이 동기였다. 동기만 놓고 봤을 때 그는 과거의 나와 다를 게 없었다. 수년 전 나 또한 아무 할 일 없이 멍하니 매일같이 세계대전이 일어나기만을 바랐다. 단지 나는 말로만 그쳤고, 우리 주인공은 행동으로 옮겼다. 그는 몇 번이고 좋은 일을 할 생각도 했고 은인이 자신을 찾게 할 생각도 품었다. 그러나 그렇게 찾게 되면 반드시 느슨하고 해이해져 기술적인 면에서 그를 충만하게 할 수가 없었다. 때문에 그는 악당이 되기로 한다. 예쁘고, 착하고, 뛰어난 재능을 가진 여자아이를 죽일 때 그가 염두에 둔 것 또한 기술이다. 왜냐하면 완벽한 사람을 죽여야 사회 전체가 분노하게 될 것이고, 그래야 추격의 강도가 증가할 것이기 때문이다.

글을 쓸 때 나는 아주 평온했다. 나는 그러한 행위를 칭송하거나 그것에 동의하지는 않았다. 그러나 또한 아무것도 따지지 않고 선입견만으로 그것을 심판하지도 않았다. 작가가 정의의 화신을 자임한다면 그의 입장은 편파적으로 될 것이며, 그의 사유는 공허할 것이다. 그러다보면 그저 얕은 설교로 사람들을 무감각하게 하는 내용을 펼쳐 보이기 십상이다. 그런 면에서 나는 카뮈의 원칙을 따랐다. 얼음처럼 충실하고 성실하게 하늘의 빛을 반영하려 했다. 그 빛이 신에게서 온 것이든 악마에게서 온 것이든 상관없이 말이다.

그러나 나는 결국 두려움을 피할 수 없었다. 이처럼 보기 드문 죄악을 쓰는 것은 판도라의 상자를 여는 것과 같기 때문이다. 나는 작중 등장인물인 검사의 입을 통해 이렇게 말했다. 그저 무료함 때문에 살인을 한다는 것은 예측의 범위를 넘어서 간담을 서늘하게 하는 행위다. 그것은 이미 살인, 방화, 강간, 유괴 같은 범죄를 넘어 우리의 제도와 전통을 공격했고, 우리가 살아가면서 기대는 신념을 무너뜨렸다.

이러한 창조의 두려움 때문에—나는 순수한 악당을 창조했다—결국 나는 그의 이름을 지워버렸다. 소설 주인공이 이름이 없으니 토론하기에 편하지는 않다. 나는 독자들이 작품을 봤으면 싶지만 동시에 그것을 잊어버렸으면 한다.

아마도 나에게 위안을 주는 것은 영화 「콰이강의 다리」일 것이다. 방콕 서쪽의 철로에서 선악은 분명했다. 일본군은 다리를 건설하려 했고, 연합군은 그것을 폭파하려 했다. 여러 마찰을 거치며, 영국군 전쟁 포로 니콜슨 대령은 오직 자신의 명예를 위해 굉장한 효율로 웅장한 자태를 갖춘 콰이강의 다리를 완공한다. 그것의 예술적인 자태는 그가 일본군을 위해 협력하지도 않았고, 연합군을 위해 협력하지도 않았음을 예시한다. 그는 정의를 초월하여 다리 자체를 위해 싸웠다.

2011년 10월 23일

번역이 끝난 후, '이제 뭘 해야 하나'

이제 어떻게 될까, 응?

스탠리 큐브릭의 영화로 더 유명한 소설 『시계태엽 오렌지 A Clockwork Orange』는 "이제 어떻게 될까, 응What's it going to be then, eh?"이라는 질문으로 시작한다.[1] 중국에서 이 구절은 "이제 무슨 짓을 벌여볼까, 응?" 혹은 "이어서 우리 뭐 하고 놀까, 응?" 정도의 의미로 번역되었다. 소설가 아이阿乙는 한동안 이 문장을 "다음에, 내가 무엇을 해야 할까?下面, 我該干些什麼"로 인용해왔다고 한다. 그리고 첫 발표 당시 썼던 노골적이면서도 평범한 제목

---

1   앤서니 버지스, 『시계태엽 오렌지』, 박시영 옮김, 민음사, 2005, 7쪽.

'쥐와 고양이' 대신 잘못 기억한 이 질문을 자신의 첫 장편소설 제목으로 삼았다.

'이제, 뭘 해야 하나'라는 제목의 의미를 파악하는 것은 쉽지 않은 일이었다. 사건을 벌인 후 그 허무함을 표현한 것인지, 아니면 다음에 할 일을 자문하는 것인지 분명치 않았다. 살인, 도주, 체포의 전 과정을 계획대로 추진하며 절차를 되새기는 말일 수도 있다. 어쩌면 어찌할 바를 몰라 속으로 벌벌 떨면서 중얼거린 내면의 목소리일 수도 있다. '該干些'로 조합할 수 있는 말뭉치 중에 어떤 정조를 담아내는가에 따라 한국어 문장은 미묘하게 달라진다. 이 때문인지 영국에서는 『완전범죄A Perfect Crime』(Oneworld Publications, 2015)로 바뀌어 출간되었다. 원제의 복합적인 함의를 밋밋하게 만들긴 해도, 이처럼 익숙한 장르의 외피를 씀으로써 독자들에게 좀더 편하게 다가갈 수 있을 것이다. 한국어 번역본은 저자와의 상의 끝에 『도망자』라는 제목을 선택했다. 받아들이기에 따라서 『쥐와 고양이』에 더 가까워진 제목으로 느껴질 수도 있을 것이다.

원제의 의미에 대해서는 조금 밝혀두는 것이 좋겠다. 사실 『시계태엽 오렌지』와의 관련성은 제목의 해석을 고민하던 중 우연히 발견했다. 아이의 이 작품을 읽는 이는 누구나 카뮈의 『이방인』과 도스토옙스키의 『죄와 벌』 등을 쉽게 떠올릴 수 있을 것이다. 아이 또한 굳이 그것을 숨길 생각이 없어 보인다. 한 인터뷰에서 그는 "『죄와 벌』을 모방하려 했으나 능력이 충분치 않아 『이방인』의 경로를 따라 써내려갔다"고 밝혔다. 그런데 전거가 된 이런 고전들과 다르게 『시계태엽 오렌지』의 경우 『도망자』와 명시적 관계가 살펴지지 않았다. 어쨌든 나는 원제의 의미가 무척 궁금했으므로, 그 질문부터 다시 살펴보기로 했다.

『시계태엽 오렌지』에서 "이제 어떻게 될까, 응?"은 작품 전체를 통틀어 총 열네 차례 사용된다. 무엇보다 제1부, 제2부, 제3부의 첫 문단과 제3부 마지막 장의 첫 문단을 모두 소설 속 화자인 알렉스의 질문으로 시작한다는 점이 특기할 만하다.[2] 이 질문은 이야기를 추동시키는 힘이 되어 각 파트 초반에 반복적으로 언급되며, 일단 이야기가 궤도에 오르면 뒤로 물러선다. 이러한 반복적 사용은 알렉스의 폭력적 행동들이 "그 자신의 의지의 신중한 선택으로 진행"된 것이라는 주장의 근거가 된다.[3] 그 선택의 결과가 언제나 악행으로 이어지더라도 "선택할 수 없는 인간은 인간이 아닌"(183쪽) 것이다. 국가권력에 의해 자기결정권이 사라지게 되었을 때, 알렉스는 이 질문을 할 수 있는 힘을 잃었을 뿐 아니라 인간으로서의 정체성을 상실하게 된다. 국가

2 그리고 이 열네 차례의 질문이 끌고 간 이야기가 막바지에 다다르면, 한 단계 성숙한 알렉스의 선택을 예고하는 "그게 바로 앞으로 벌어질 일이지That's what it's going to be then"라는 말로 마무리된다.
3 추재욱, 「기관 없는 신체로서의 폭력기계 알렉스: 들뢰즈적 관점에서 『시계태엽장치 오렌지』 읽기」, 『현대영미소설』 21권 2호, 2014, 160쪽 재인용.

시스템의 입장에서는 악행을 제거하여 안전한 사회를 만드는 것이 효율적이다. 그러나 "신은 무엇을 원하시는 걸까? 신은 선 그자체와 선을 선택하는 것 중에서 어떤 것을 원하시는 걸까? 어떤 의미에서는 악을 선택하는 사람이 강요된 선을 받아들여야 하는 사람보다는 낫지 않을까?"(114쪽)라고 언급하며 자기결정권을 더 의미 있는 것으로 보았다.

'선택'은 '망설임'이기도 하다. 기계적인 일처리가 가장 효율적임에도 주저하며 고민하는 순간에 인간의 모습이 언뜻 드러난다. 자동으로 흘러가게 두지 않고 그 상황을 돌아볼 때 인간의 사유는 시작된다. "인간이 선만을 행하거나 악을 행하기만 한다면, 그땐 인간은 시계태엽장치 오렌지"라는 작가의 말마따나 내면의 힘을 아무 제어 없이 실제 폭력으로 분출하는 악의 방향도, 국가권력에 의해 개인에게 강제된 선의 방향도, 머뭇거리거나 고민하지 않고 정해진 경로대로 움직인다면 시계태엽 기계장치에 불과할 것이다.

"나는 순수한 악인을 창조했다"

개인 대 국가라는 식으로 작품을 도식화하면 의미가 반감되겠지만, 『시계태엽 오렌지』의 칼끝은 분명 개인의 악행보다 국가의 폭력을 겨누고 있다. 그에 반해『도망자』에서는 외견상 개인의 '묻지마 살인'만 등장할 뿐 국가의 폭력은 드러나지 않는다. 주인공이 맞서려 한 것은 국가와 같이 거대한 무엇이 아닌 자신의 무료함과 무의미였다. 그런데 그 무료함을 '루도비코 실험' 이후의 알렉스와 같은 상태였다고 볼 수는 없을까?

1960년대 냉전 시기처럼 국가는 노골적이지 않다. 개인을 특정한 방향대로 움직이는 국가권력은 함부로 존재를 드러내지 않는다. 그것은 공기처럼 어디에나 존재하며, '루도비코 실험' 같은 것이 필요 없을 정도로 효율적으로 작용한다. 그 속에서 개인은 자유의지로 선택할 수 있다고 착각하지만, 애초부터 한계가 정해져 있다. 그 한계를 넘어서는 순간 만리장성과도 같은 장벽이 모습을 드러낸다. 악행과 타락을 옵션에서 지운 선택이 자기결정권에 의한 선택이라 할 수 있을까? "어떤 의미에서는 악을 선택하는 사람이 강요된 선을 받아들여야 하는 사람보다는 낫지 않을까?"

『도망자』의 주인공이 어떤 선택을 해왔는지 작품에서는 그려지지 않는다. 분명한 것은 그가 선택의 주도권을 넘기는 제스처를 취하면서 처음으로 의미 있는 선택을 한 셈이라는 점이다. "나 스스로 선택할 수 없다면 당신들이 선택하도록 모두 넘기자." 알렉스가 다시 악행을 선택할 수 있는 능력을 회복했을 때 비로소 "치유되었다"고 선언할 수 있었던 것처럼,『도망자』의 주인공은 살인을 선택함으로써 생애 처음으로 자기결정권을 갖게 되었다. 언제 잡힐지 모르는 상태에서 도망 다니며 비로소 어떤 충만감, 생명의 쾌감을 느낄 수 있게 된 것이다.

경찰에서 작가로

삼촌이 군사학교 교무처 처장이라는 이유로 취향이나 적성에 상관없이 군사학교 입학이 내정된 『도망자』의 주인공과 마찬가지로, 아이궈주艾國柱(저자 아이의 본명)는 아버지의 강요에 의해 (대학에 입학할 성적이 되었음에도) 경찰학교에 입학했다. 아버지는 불확실한 미래를 선택하기보다 주어진 조건에 안정적으로 머무를 것을 요구했다. 흔히 그렇듯 개인에게 체제는 아버지라는 이름으로 모습을 드러낸다. 거기서 벗어나기 위해서는 더 거대한 체제로 투신하는 길밖에 없을 것이다. 중국의 시골에서 벗어나려면 대학에 입학하거나, 농민공이라는 이름으로 글로벌 자본의 하청 노동자가 되거나, 대도시로 시집을 가는 등의 방식이 안전한 선택이다. 아이궈주는 경찰학교에 남음으로써 대도시에 계속 머무르는 방법을 모색했지만 성공하지 못했고, 호구户口 때문에 결국 시골로 발령 났다.

깡촌의 민가 2층에 자리 잡은 파출소에 배정된 청년경찰 아이

귀주의 하루 일과는 선임들과 마작을 하는 것이었다. 직위에 따라 정해진 자리에 앉아 마작을 하는데, 가끔 누군가 운이 나쁘면 자리를 바꿔 앉곤 했다. 이때의 경험을 아이는 몇몇 소설에서 다음과 같이 묘사하고 있다. 20대 직원이 30대 부주임이 되고, 30대 부주임이 40대 주임이 되고, 40대 주임이 50대 줄 끊어진 간부가 되었다. 머리숱이 적어지고 주름이 늘어났으며 사람이 갈수록 더 쩨쩨해졌다." 그렇게 정해진 인생의 경로를 따라가는 것은 "극도로 무료한 영생"이었다. 가만히 있기만 하면 가닿게 될 자신의 10년, 20년 후의 모습을 바라보며 그는 절망에 빠졌다. 체제 안에서 인정받고 승진하여 도시로 발령받는 것으로 안전하게 탈출하려던 그의 계획은 애초부터 한계가 정해진 것이었다.

이후 '나라의 기둥'이라는 무거운 이름과 안정된 경찰 직위를 버리고 성을 변용한 필명인 아이阿乙로 활동하게 되었지만, 그것이 진정한 의미의 탈출인지는 아직 속단하기 이르다. 영원히 벗어날 수 없는 시골과 경찰로서의 경험은 그에게 여전히 창작의 원천으로 작용하고 있다.

아이의 소설은 자장커賈樟柯의 영화만큼이나 중국의 소외된 소도시와 시골 풍경을 날것의 속살까지 잘 그려내고 있다. 시골은 도시인이 꿈꾸는 고향이나 평온한 정원 같은 곳이 아니다. 개혁개방의 모토였던 '선부론'의 전제는 어느 단계에 이른 후 혜택을 나누는 것이지만, 한계를 모르는 자본의 특성상 그 시기는 한없이 유예되며 도시-시골의 위계를 영속화할 것이다. 개인의 호적지가 어디인지가 그의 신분을 결정짓고 삶의 선택들을 제한한다. 중국의 시골은 이미 연안 대도시의 식민지가 되어 있다. 단순히 정치적 권리가 제한되고 경제적 발전에서 소외된 정도에 그치지 않는다. 도시가 지닌 온갖 폐해는 더 노골적이고 직접적인 방식으로 모습을 드러내고, 대도시와는 다른 방식의 야만이 살아 있다. 익명의 도시에서라면 어쨌든 숨 쉴 곳이 있겠지만, 전통의 속박에 여전히 매인 시골의 동성애자에게는 자폭 외에 다른 선택지가 없다.(「밸런타인데이 자폭 테러」)

「양촌의 저주」는 21세기 중국의 시골이 어떤 곳인지를 잘 그려낸 단편이다. 한 시골 아낙이 닭을 훔쳐 갔다고 의심한 이웃에게 저주를 날린다. "만약 댁이 훔쳐 갔다면 올해 댁네 아들이 죽을 것이야. 만약 훔치지 않았으면 내 아들이 죽을 것이네." 이튿날 닭은 아무 일 없이 돌아왔다. 그해 설이 되자 이웃네 아들은 차에 여자친구를 태우고 남방의 대도시에서 돌아왔다. 그러나 아낙의 아들은 설 전날 밤늦게 파김치가 되어 돌아와서 자기 침대에서 죽었다. 농민공 신분으로 일하던 공장의 환경이 열악하여 몸을 망쳤던 것이다. 인권변호사가 도와주겠다고 찾아와도 아낙은 거절했다. 글로벌 자본의 하청 기업이 아니라 자신의 저주가 아들을 죽였기 때문이다. 소설은 비욘세의 팝송이 마을 전체에 울려 퍼지는 것으로 끝을 맺는다. 이들을 죽이는 것이 전 지구적 자본의 야만적 원시 축적인지 계몽의 손길이 닿지 않은 초자연적 미신인지 알 수 없다.

아이의 소설집은 하나의 탈출사라고 할 수 있을 정도로 '벗어남' '탈출' '도망'이 중요한 주제가 되고 있지만, 탈출이 해결책이 되지는 못한다. 제한적인 자유의 대가는 산업재해로 죽음에 이르거나, "집도 없고, 차도 없고, 결혼도 할 수 없는, 없는 것투성이"(『모범청년』)의 생활로 귀착되곤 한다. 탈출에 실패한 자, 탈출한 뒤 곤경에 처하여 돌아갈 곳 없게 된 자들의 경험을 통해 아이는 저층계급의 청년들이 처한 불안한 현실과 비극적 운명을 생생하게 그려내고 있다.

최근 중국에서 활동 중인 작가 중 아이는 작품의 구조와 언어에 많은 공력을 들이는 작가로 알려져 있다. 그는 수공예품을 빚어내듯 정확하고 잘 다듬어낸 문장을 고심하여 썼다 지웠다를 반복하는 작가다. 한 인터뷰에서 글쓰기의 어려움을 토로하며, 만약 글자 하나가 벽돌이라고 했을 때 그 벽돌로 성벽을 쌓는 것이 소설 한 편을 완성하는 것보다 쉬울 것이라고 말한 적이 있다. 그는 끊임없이 '어떻게 쓸 것인가'의 문제를 고민하며, 여러 유명한 작가의 기교를 자기 것으로 만들려는 학생의 태도를 고수한다. 특히 타이완 작가 뤄이쥔駱以軍이 '동사의 지배자'라 칭할 정도로 아이의 동사 사용은 창의적이며 엄밀하다. 흔히 시를 평가할 때 쓰는 '절차탁마'나 '퇴고' 같은 말이 아이의 소설에 따라 붙는 것도 그 때문이다.

수공예로 빚어낸 그 문장들은 독자로 읽을 때의 쾌감과 함께 번역자에게 상당한 시련을 안겨줬다. 원문이 가진 긴장감을 한국어로 옮기는 순간 너무 과하거나 아무 의미 없는 문장이 되어갔다. 중국어 문장으로 구워낸 도자기를 깨뜨려 한국어 본드로 이어붙이는 정도로는 애초에 될 일이 아니었다. 나는 깨진 조각들을 들여다보며 그 재질과 표면의 문양과 가마의 온도를 생각하며 새로운 항아리를 구웠다 깨뜨리기를 반복했다. 뭔가 거창해 보일 수 있지만 깨진 원작을 이어붙인 진열품이 아니라 독자들이 그릇으로 사용할 수 있는 항아리를 만들어내는 게 번역자의 역할일 것이다. 내가 사용한 흙과 온도가 원래의 도자기가 가진 강도에 다가갔기를 바랄 뿐이다.

이성현

도망자

초판 인쇄	2018년 6월 15일
초판 발행	2018년 6월 22일
지은이	아이
옮긴이	이성현
펴낸이	강성민
편집장	이은혜
편집	박은아 곽우정 김지수 이은경 강민형
편집보조	김민아
마케팅	정민호 이숙재 정현민 김도윤 안남영
홍보	김희숙 김상만 이천희
펴낸곳	(주)글항아리 | 출판등록 2009년 1월 19일 제406-2009-000002호
주소	10881 경기도 파주시 회동길 210
전자우편	bookpot@hanmail.net
전화번호	031-955-8891(마케팅) 031-955-1936(편집부)
팩스	031-955-2557
ISBN	978-89-6735-499-2 03820

글항아리는 (주)문학동네의 계열사입니다.

이 도서의 국립중앙도서관 출판시도서목록(CIP)은 서지정보유통지원시스템 홈페이지
(http://seoji.nl.go.kr)와 국가자료공동목록시스템(http://www.nl.go.kr/kolisnet)에
서 이용하실 수 있습니다. (CIP제어번호 : CIP2018005337)